一个记者的长征

► 汤计与呼格案的故事 ◄

刘爱萍／著

内蒙古文化出版社

图书在版编目（CIP）数据

一个记者的长征 / 刘爱萍著 . —呼伦贝尔 : 内蒙古文化出版社 , 2016.12

ISBN 978-7-5521-1205-4

Ⅰ . ①一… Ⅱ . ①刘… Ⅲ . ①纪实文学—中国—当代 Ⅳ . ① I25

中国版本图书馆 CIP 数据核字（2016）第 308557 号

一个记者的长征

刘爱萍 著

总 策 划	丁永才 崔付建
责任编辑	铁 山 丁永才 白 鹭
出版发行	内 蒙 古 文 化 出 版 社 （呼伦贝尔市海拉尔区河东新春街 4 付 3 号）
印刷装订	三河市华东印刷有限公司
开 本	650 毫米 × 940 毫米 1/16
印 张	14 字 数 350 千
版 次	2016 年 12 月第 1 版
印 次	2021 年 1 月第 2 次印刷
书 号	ISBN 978-7-5521-1205-4
定 价	30.00 元

目 录

楔　子

　　北京，宣武门西大街57号，矗立着一座现代化的大厦。灰白色横条建构的主楼，红褐色理石装饰的基座，简洁大气，坚实庄重。在建筑的顶端，那金色的塔楼，辉映着东方的云霞，光彩熠熠。这就是世界四大通讯社之一，中华人民共和国国家通讯社，简称新华社，业界人士常常亲切地称之为国社。

　　报道世界，传播中国。也许我们不能看见，有一张无形的网，正围绕着这座建筑集结、脉动、弥散，但是我们知道，不管你是谁，当你从这里走过，一定不会对门前"新华通讯社"五个鲜明的大字无动于衷。信息时代，中国波澜壮阔，世界风起云涌，居住在这个蓝色星球上的人，需要极目天下的望远镜，需要可靠快捷的信息枢纽站，需要这个现代化的通讯社带领你走进中国第一时间、全球第一时间。

新华社的历史是一本辉煌的书，书中记载着中国共产党带领中华民族英勇奋斗的历程。从在革命老区瑞金始建，到今天的中华民族伟大复兴，岁月峥嵘，烽火硝烟，英雄涅槃。如果说，战争年代的新闻，是战鼓号角，是投枪匕首，那么到了当今，新华社每一天都在面对新时代的课题。历史的面孔总是朝向未来，国家通讯社必须严肃、正确、快速地洞察现实，真实、严谨、权威地反映现实，把握时代舆论的航向，从而使现实正确地走进历史，使人类向着文明的新高度前进。履行这一崇高的使命，对于新闻机构来说，最重要的因素莫过于人。新华社记者，这个由八十年岁月磨砺而成的称号，这个不忘初衷、历久弥新的团队，对我们中华民族的未来，对于全人类的和平进步不可或缺。

2011 年，新华社成立 80 周年。在筹办纪念活动时，制作了一枚金光闪闪的立功勋章。这枚立功勋章，正面以精镂的新华社社徽图案为底，上面凸显红色"新华通讯社一等功"浮雕字样，配以大红加金黄的国旗色织锦条形绶带，后面的序号是：新华通信社第 001 号。从 2011 年到 2015 年，这枚立功勋章，静静地陈列在新华社大厦的某个房间里，等待着一个足以承担这份光荣的人脱颖而出。

四十年前，一个瘦高的少年，口袋里揣着父母节衣缩食攒下的十元人民币，像一匹倔强的马儿那样，从山西省阳高县罗屯村的荒野小路上启程，徒步赶到县城，搭上东行的绿皮火车，心走得比火车还快。自己的未来在哪里？就在姐姐和姐夫工作的地方——天津大港油田；未来什么样，他却一丝一缕也说不出来。他知道世上有职业新闻工作者，知道中国有新华社这个机构，却压根儿想不到自己会成为一名新华社记者。若干年之后，正是他，新华社高级记者，新华社内蒙古分社编委、政文部主任，本文的主人公汤计，获得了这枚标有"新华社第001号"的一等功勋章，成为八十四年来，唯一获得这份殊荣的新华社记者。

2015年1月22日，新华社在北京总部召开表彰大会。新华社社长、党组书记蔡名照发表讲话"……在新华社的长期推动下，2014年12月，内蒙古自治区高级人民法院经再审，撤销原判，判决18年前被判处死刑的呼格吉勒图无罪。从2005年发现'4·09'强奸杀人案一案两凶呼格吉勒图可能被错判的重大线索之后，新华社内蒙古分社记者汤计秉持职业良知，坚守社会正义，坚持不懈采访，在总社、分社的坚定支持和共同努力下，通过翔实、准确、权威的报道，有力推动了问题的解决，最终使冤案得以昭雪……新华社党组号召全社同志学习汤计同志'勿忘人民的新闻情怀''深入实际的采访作风''坚持原则的职业精神''不畏困难的宝贵品质'，不断提高报道的公信力、传播力、影响力。"

呼格吉勒图一案，从案发到昭雪，长达十八年，从发现错判线索到立案再审改判，历时九年。此案轰动全国，案情纷纭复杂，涉及仍在职的办案人员众多，压力不可谓不大，整个过程，跌宕起伏、曲折多舛。有党的十八大和十八届四中全会浩荡东风，有新华社上下的鼎力支持，九年之中，汤计以笔为剑，犹如一个穿越柴达木盆地的探路者，矢志不渝地拼搏向前，终于完成了一个新华社记者的天职，把一份人民满意的答卷交给了崭新的时代。

呼格吉勒图申冤昭雪后，汤计的名字一时间家喻户晓，一张汤计拥抱着呼格吉勒图父母李三仁、尚爱云的照片在网上飞快传播；在新华社对他表彰之后，中国记者协会、中央电视台、东方电视台、《人民日报》、新华网、内蒙古自治区党委政府网站纷纷转载这一消息，他的博客、微博、微信几乎刷爆屏显。人们热议的焦点变成了两个连在一起的关键词：呼格吉勒图——汤计。

如果说是呼格吉勒图案的重审昭雪，成就了一位默默无闻的记者，也不尽然。

通过这本书，我们将会看到，在汤计的身后是一串串孜孜矻矻的脚印，是一个个如泣如诉的故事，是一个个冥思苦想的长夜，是一次次义愤填膺的秉笔直书。

一、远道而来的陌生青年

[作者随笔] 2006 年，我在央视和呼伦贝尔的电视节目中看到一则诱惑人心的广告，先是一个叫陈相贵的人侃侃而谈，而后某东北小品作家、东北某喜剧女演员相继出场代言作秀，动员老百姓投钱买地，交由大造林公司代为种树，扬言利用十五年的时间，把中国北方的全部荒地变成森林，且利益回报丰厚。他们的广告词十分上口——"万里大造林，利国又利民"。说老实话，很是中我下怀。我不才，却十分爱惜大自然，见到家乡草原森林不断沙化，心底已然成殇。如果真能以投资方式，为大地葳蕤尽绵薄之力，又同时觅得银两若干，缓解囊中羞涩，实乃天大好事一桩。幸亏性格拖拉使然，没有以只争朝夕的精神

状态投入其中，拖拉到广告突然消失，美梦终成黄粱。不久，丈夫从报社拿回一份材料，上面刊登了汤计所写《万里大造林，还是万里大坑人》一文，方知道事情始末。后怕之余，不由想起，那记者汤计，不正是王大娘家的六女婿，满子妹妹的夫君吗？毕竟是有一层老感情，所以，常常在网上跟踪这桩案件，结果看到有人扬言出100万悬赏汤计人头。当然，我权作哈哈一笑，并未相信光天化日之下，西风可以压倒东风，邪恶可以为所欲为。而那汤计绝非急流勇退之辈，他高调现身网间，与一群"万里大造林"的始作俑者和非法获利者唇枪舌剑起来，嬉笑怒骂皆成文章，直逼得对方且败且退。直到这次采访时，我才从内蒙古分社记者张丽娜口中得知，事情并不像我想的那样简单。万里大造林的那伙人曾经纠结数十人大闹新华社内蒙古分社，扬言找汤计算账，如果当时见到汤计，白刀子进去，红刀子出来，或者施以拳脚棍棒不是没有可能。

第一次采访，是我和爱芳、汤计时隔多年的重逢。

采访伊始，我问汤计，你在内蒙古社会的前沿，埋头苦干了将近三十年，惩恶扬善，伸张正义，如今亲手匡正呼格吉勒图冤案，成就开中国司法史先河之功，可谓功德圆满。为什么在你的眼睛里，我常常看到泪水，我想你一定有心事在怀，心愿未了。

高大魁梧的汤计开怀大笑，那笑声从胸腔深处发出，如鼓在敲，回声铿锵。

汤计说他永远不会忘记老社长穆青的教诲——"勿忘

人民"，想到人民群众对幸福生活的向往，作为一个记者，我们有什么权力认为自己已经功德圆满？他的回答直截了当，这个一辈子都在采访别人的人，最懂得如何做一个被采访者。

我明白了。中国在进步，历史的大潮势不可挡，如果匡扶正义、惩恶扬善依然是这个社会的需要，那么汤计将时时刻刻有心事在怀。

我和汤计一家素有渊源，他妻子王爱芳娘家是我们家的世交。我称呼他的岳父母为大爷大娘。叫爱芳的小名——满子。四十八年前，我们两家都住在海拉尔肉联厂附近，当时我父亲作为"走资派"被关进牛棚，我母亲也成了批斗的对象。我只有十二岁，下面还有两个妹妹一个弟弟，经常受人欺负。只有王大爷一家接纳我们，呵护我们。他们家的孩子们，由于身上的俄罗斯民族基因，生就高大漂亮，特别是王大爷家的三位姐姐，自幼干男孩子的活儿，特别壮实有劲。她们踩着厚厚的白雪，背靠着肉联厂高高的红砖墙那么一站，不仅是一道亮丽的风景，更有股子压人的气势。记得姐姐们不止一次地出手，替我们解围，帮我们出气。其中二姐最厉害，有一次她轻轻一推，就把一个臭小子摔在了猪圈里。

后来，我听说王大爷家的六妹妹爱芳选择汤计为郎君，可能要随之远走他乡。便想那汤计是个记者，常年采访在外，又长得高大帅气，心里还真是七上八下了一阵子。在他们家三姐的怂恿之下，我到当时设在呼伦贝尔日报社楼内的新华社记者站，偷偷侦察了一次。不知什么原因汤计不在，一问报社的朋友，他们异口同声为汤计加分。最后，由王大爷钦点汤计到家中面试，终于得到首肯。

王大爷出生于俄罗斯，他的祖母是俄罗斯人。1945年苏联红军解放东北之前，王大爷跟随父亲，由俄罗斯返回祖国。王大爷所在的生产队叫金星队，有一圈土坯垒砌的大院墙，有很多马车，有一眼望不到边的牛群、羊群。王大爷挣的工分不少，家里又有自留畜，养育着六个女儿两个儿子，温饱有余。"文革"期间，王大爷被打成"苏修特务"，他们家多年积攒的贵重物品被洗劫一空，只有一个俄罗斯梳妆台和一本巴金的小说《家》得以幸免。请允许我说句闲话，那个俄罗斯梳妆台真是漂亮极了，上面的黑色油漆包浆自然，实木浮雕的葡萄玲珑剔透，好像刚刚摘下来似的，柜门的每一条木线都精美细致，上面镶嵌着翡翠色的玻璃。当年我常常坐在这梳妆台前发呆，搞不清世界上为什么会有如此美的造物。当初制作它的是一个什么样的人呢？那个人一定满头银发，整天默默劳作，心里装满了往日的爱情……那本《家》，竖排版，繁体字，本来属于王大爷的四弟所有，"文革"后期被我借来，成了我每日不离手的精神食粮。

爱芳告诉我，王大爷的首肯，决定了她一生的幸福。

当时爱芳在呼伦贝尔盟盟委宣传部工作，忙得早出晚归。有一天，王大爷做了一桌拿手饭菜，包括汤计的最爱——鲜美的羊杂汤、喷香的手把肉和炸鱼坯子。他并没有告诉爱芳，就找来了汤计，目的就是要亲自为六女儿把关，他觉得这是一个父亲不可替代的责任。汤计从采访现场直接就来了，风尘仆仆，毫不扭捏，大快朵颐。亲情就这样开始了，王大爷渐渐了解了这个远道而来的陌生青年。王大爷说，这孩子忠厚，不狂言，不虚头巴脑。

爱芳说，汤计那时穿着两条腿不一边齐的毛裤和袖口已经磨破的夹克衫，一看就是一个农村知识青年。他就这样四处采访，什么大领导都见，然后回宿舍点灯熬油地写稿子……

我们见面之后，一场有关采访主题的长谈来不及开篇，就被浓浓的亲情话题阻断，过去的岁月纷纭而来，每一个人都在争先恐后地讲故事，青春的记忆被我们激动的讲述揩拭成了永不褪色的宝石。令人喜悦的是，大家一切安好，如愿如初。爱芳改行后，在铁路系统工作近三十年，现已从处长的岗位上退休，在家相夫教子。历尽沧桑却壮心不已的丈夫，是她的重点保护对象，两个聪颖向上的女儿，是她手心里的珍珠。我吃了爱芳做的午饭，普普通通的茄子牛肉汤，少油淡盐，却鲜香怡口，一道韭菜炒鸡蛋，她竟然能够翻新出彩儿，做成了韭菜末蛋饼。我的满子妹妹深得王大爷真传。

窗外蔚蓝色的天幕下，洁白的苹果花含苞欲放，又一个春天已经开始。

我和汤计在新华社内蒙古分社的大门外告别。呼和浩特的六月，阳光竟然有些清冷，在他的眼角里弹回一丝晶莹。我不知道该和他说点什么，几乎在同时，我们都选择了无言地挥手。或许每一个心智成熟的人，都是语言的葛朗台。我突然想起一件事，那是1991年，我们一群文学青年去看望冰心先生。冰心先生说，生命从八十一岁开始，并再三嘱我们去看她室内悬挂着梁启超所书集龚自珍诗句条幅——"世事苍茫心事定，心中海岳梦中飞"。

好在我们还有梦。人生许多事，因为我们在深思，总是意味深长。

我目送汤计的背影。

在人头攒动的大街上，他从容地走着，这个除了个头高大之外，别无抢眼之处的行人，没有目下无尘的表情，也谈不上衣冠楚楚，这是一个朴素自然的人。爱芳说，汤计每天写稿子的时候，十分专心，就是谁在背后打他一巴掌，他也一动不动。一词一句，一个细节，一个数字，他都要反复斟酌，认真核对。他经常说，这就是考状元，就是考大学。他每次写稿，就好像考场上的学生，往往想到胸有成竹，才肯一挥而就，但是还要反复检查文本，然后才去点鼠标发送。女儿们说爸爸是一个放飞鸽子的人，只有在鸽子飞上蓝天的时候，脸上才会露出洋洋得意的微笑。

每一天工作结束，汤计关闭电脑，想着两个调皮的女儿，嘴里哼着少年时的谣曲，锁门，回家。新华社内蒙分社离他家不远，穿过一条几百米的巷子即可到达。可是就在这几百米的路上，汤计往往就把回家吃饭的事情给忘了。他看见一个个散落在路边的棋局，开始心旌摇荡。这是一些退休的老者和街头商贩聚堆儿消磨时光的乐事——文弈安静无声，武战面红耳赤。汤计于是随便一蹲，就成了其中一员战将。直到夜幕降临，星星眨眼，爱芳还得派女儿出去找他。棋迷们扎成一堆儿，女儿无法找到爸爸，索性放开嗓门大喊一声："汤记者——"汤计才从人堆儿里揉着发麻的腿站起来，意犹未尽地跟女儿回家。记者这个职业，给予了汤计一辈子不可更改的泥土味儿，使他把生命根植在人民大众的土地之中，身上没有一丝一毫的矫揉造作。他为此十分自豪，他说："新华社记者这个工作，必须先天下之忧而忧，想党和国家领导人在想的事情，但是新华社记者这个职业也很接地气，可以与老百姓一起快乐，一起幸福。"

平常，我是那种观棋不语的人。但是看人，我有独到的优势，就是一个女作家的直觉和细腻。我惯于通过细节读懂人，无论那个人的内心多么深沉、性格是多么坚强，又是多么善于掩饰自己生命中最温情最脆弱的部分，我都会让他开口说话。此刻我的使命，就是让这个习惯于讲述他者的人，讲述自己的情怀。

二、舅舅在哪里？

从北京出发，向西三百七十六公里，是山西大同市。大同有个阳高县，阳高县有个罗屯村。阳高县的土地面积只有一千七百五十六平方公里，竟辖有二百五十六个行政村，汤计出生并度过童年的罗屯村就是其中之一。不用掐指就可以知道，这个罗屯村大小也就几个平方公里而已。不过这个弹丸之地很幸运，地处中华文化的高天厚土之中。这里虽没有什么钟鸣鼎食之族，倒是尽由高古遗风潜移默化数千年，因此家家崇尚诗书礼仪，并不蛮荒鄙薄。不远处的村子下梁源建立了学校，虽然做长工出身的父亲目不识丁，但是一定要把幼小的汤计送去读书，他说，你要有文化，将来当你舅舅那样的人。父亲对儿子的期望，总是这样表达，那就是在儿子面前伸出拇指，夸赞自己的妻兄，也就是汤计的舅舅熊沛。

父亲说："你舅舅那个人太了不起了，可有文化了。"

小学生汤计抬起头，看着父亲满脸高山仰止的神情，问："咋有文化？"

父亲做一个手势："半尺厚的书人家全都能念下来呢。"

父亲还说，你姥姥家院子里有一口井，你舅舅一念咒语，井中的水，就像开了锅似的冒出来；你舅舅拿两个蚕豆放在簸箕里，说，打！两个豆子就你撞一下我，我撞你一下，跳得门槛那么高。你舅舅接着说，脱衣！只见那两个豆子的皮，就噼里啪啦地炸裂开了，裂成一朵花，豆皮剥落下来，直至蜕光，变成那么绿的两颗豆豆……

自咿呀学语，汤计就生活在有关舅舅的一个又一个神话里，父亲讲，母亲讲，姐姐和表哥讲，乡里乡亲，凡是见过舅舅熊沛的人都给他讲。汤计长大之后渐渐知道，父亲所说的书是一本《奇门遁甲》。那时候乡下的文化人，都喜欢研究这种预测术数之学，其实舅舅的了不起远非一部《奇门遁甲》了得。舅舅毕业于太原师范，抗日战争后期成为中国共产党党员，当过中共阳高县武委会主任、县大队队长，曾经与日本鬼子和国民党武装殊死战斗，是一位威武不屈的革命烈士。

在世界上还没有汤计的时候，舅舅就把一个个忠心赤胆的故事留给了他，也把一笔丰厚的精神遗产留给了他。

当甘洒热血写春秋的共产党员熊沛，戴着沉重的脚镣，走向敌人活埋他的深坑之时，他已经知道在不久之后，新中国必将如毛泽东所说的那样，像一个躁动于母腹之中的婴儿，诞生在世界的东方！但是尚未娶妻生子的他不会想到，有一天，自己的气质和风采会被复制在另一个年轻的生命之中，以血脉的方式传承下去，而自己毕生追求的天下为公的伟大理想，也会在外甥的人生历程中发光发热，像种子变成一棵松树那样日夜成长。然而这个后者，人人都说长得活脱脱一个熊沛再现的汤计，哪怕是在自己神采飞扬地讲述舅舅传奇的那些时刻，也并未明确地意识到这一点。长大后，我就成了你——许多年之后，远去的舅舅，在汤计的思想里变成一种精神的脉动，隐秘而强韧。

舅舅在哪里？老家阳高县的革命烈士陵园里，只有一个舅舅的衣冠冢。

故事需从汤计的父母家族说起。汤计父亲家族没有家谱，所有的记忆来自于老祖父的口传心授。七辈人之前，家族移民到山西阳高，落地生根，却不知自己从何处而来，只知道老祖宗是个铁匠。汤计的祖父汤凯，属于乡村里的有识之士，文可以提笔写状子，帮乡亲打官司，武可以使用三节棍将七八个人打倒，经常为乡里百姓伸张正义，是一个路见不平、拔刀相助的侠义汉子。不幸的是生为豪杰，却英年早逝，留下两个年幼的儿子——就是汤计的父亲和大伯，在这个世界上经受亡国和饥寒交迫的苦难。

1937年9月初，正是盛产京杏的阳高家家晾晒杏干、酿制杏脯的时节。以往，人们总在这个时候忙忙碌碌，屯子里到处都是丰收的喜庆气氛。此时，乌云沉重地压在这块土地上。日本侵略者的脚步像恶魔一样逼近，家家惶惶不可终日，大人孩子心惊胆颤。可怕的事情发生了，日寇利用大炮飞机狂轰乱炸，打败国民党六十一军的英勇抵抗，攻破天镇盘山防线，在九月八日占领了天镇县、阳高县等地，开始了对抗日军民的报复性屠杀。阳高地方商会的咎光锷、孙存仁等人怀着苟且偷安的心思，甘做汉奸。他们一见鬼子破城，便连哄带骗召集来一些老百姓夹道欢迎"皇军"。让人简直不能相信的是，日军兽性大发，竟然将来欢迎的懦弱百姓全部扣押，又四处搜捕到青壮年和少年儿童共三千余人，用枪押至阳高县的瓮城，在城墙上架起机枪疯狂射杀。十二日，又如法炮制，残杀三百余人。当地士绅郝天福一家十三口，实在不甘受辱，一块儿投井自杀。当时阳高县被日寇灭门绝户的竟有近百家。

泱泱大中华，上有圣贤忠烈，下有七尺男儿，是可忍，孰不可忍！汤计的大伯，年十九，一腔壮烈，毅然将12岁的弟弟，也就是汤计的父亲，委托到一富农家做长工，投奔共产党打鬼子去了。他成了中共武装区小队的战士，认识了当时的县武装委员会主任熊沛。

再说熊沛一家。熊家世代勤勉，刀耕火种，攒下土地千余亩。熊家长房独子熊沛，自幼聪明过人，被父亲熊泰山视若掌心之宝。发蒙之后，按照中国人光宗耀祖的梦想，倾其所能，供养读书，并百般顺其心愿，不论仕途经济，文韬武略，只盼儿立命成才，大展宏图。国难当头，儿子毅然选择共产党指明的救国之路，家中老小无不支持。生于崇文尚武的世家，长于内忧外患之时的熊沛，一夜之间，便由一介书生，变成了一名战士。

当时的阳高，国民党六十一军为抗日主力军，共产党只有一些游击队辗转战斗，从侧面迂回袭击敌人，打一枪换一个地方，熊沛就是这样一支游击队的指挥员。

一九四五年，日本天皇宣布战败投降。可是阳高百姓并没有盼来他们期望的国泰民安。不久蒋介石发起了第二次对共产党的清剿，国共两方武装你来我走，阳高这块土地成了拉锯的战场。

年轻的共产党员熊沛，毕业于太原师范学校，经过"五四"时期民主与科学思想的启蒙，接受马克思主义的理论引导，在党的长期培养教育下，拥有了坚定的信仰和忠诚。他认为，无产阶级只有解放全人类，才能最后解放自己。在具有几千年农耕文明史的中国，只有农民阶级才是旧制度的掘墓人。解放农民，必须让他们耕者有其田，才能让他们在灵魂深处爆发革命，荡涤掉阿Q和闰土式的愚昧和奴性，慢慢懂得自己不仅是自家的主人，也是国家的主人，这就是建设社会主义新中国的第一步。心怀伟大理想的共产党员熊沛，热血方刚，义无反顾，以广东海陆丰的共产党人彭湃为榜样，打土豪，分田地，并将自己家族的全部土地分给了乡里百姓。轰轰烈烈的土地改革运动就这样在阳高开始了。

火烧地契的灰烬，像透明的蝴蝶，在狮子屯镇前的大树下飞舞。红彤彤的火焰映照着一个个农民欢喜的脸庞。熊沛举枪一挥，振臂高呼："阳高从此无地契，无地租，种什么，问自家！"那真是气势如虹，威加四野。

有人在暗中咬牙切齿，对熊沛恨之入骨。那就是汤计的三姥爷，也就是熊沛的亲三叔熊登山，此人是族人中拥有土地最多的人，也是一个国民党党员。不过他及其众多的随从者当时不敢流露出只言片语，表现得很识时务。因为他们惧怕熊沛手中的枪，惧怕熊沛背后强大的解放军。然而，在共产党因战略需要临时退出阳高时，"胡汉三"回来了，国民党在阳高重新建立政权，他们露出了狰狞的真面目，开始对共产党进行秋后算账。熊登山当了还乡团团长，他第一个要"大义灭亲"的就是自己的"混账亲侄子"。仗着国民党得势，这个还乡团团长耀武扬威，围追堵截，采取地毯式搜查，挨门挨户抓熊沛，打击县大队。

汤计的父亲告诉他，你舅舅那些人真是太神了，刀枪不入，敌人的子弹嗖嗖飞，就是都近不了他们的身。

少小的汤计问，咋能刀枪不入呢？

父亲说，你舅舅他们可有办法呢！

汤计追问，咋有办法？

父亲给他讲，一次你舅舅带着队伍驻扎在邻村吴家河一户地主家。突然哨兵报告说敌人已经进了村子，说话间就听到子弹嗖嗖地飞过树梢，直往院子里钻。那时候山西的有钱大户人家，都在炕上铺羊毛毡子。羊毛炕毡大拇指薄厚，又大又密实，你舅舅他们卷起炕上的羊毛毡子在水缸里渗透了水，再把浸了水的毛毡往窗子上一堵，子弹打上去就像落上块泥蛋蛋，根本打不透。你舅舅他们躲在毡子后面，抽冷子还击几枪，该吃的时候吃，该睡的时候轮班睡。敌人包围了一白天也没打进院里，半夜里你舅舅他们披着湿淋淋的毛条毡，迎着敌人一个冲锋就打出来了。不仅自己无一伤亡，还打死了几个国民党兵。

你舅舅那人是个真共产党，别看是大户人家的少爷，就是向着穷人，看得起穷人。你舅舅在抗日的工作中认识了你大伯父，就做主把你妈妈嫁给了我，我是一个扛长工的，房无一间，地无一垄。你舅舅看得长远，他说共产党坐了天下，天下的老百姓都会过上好日子。

你舅舅这个人啊，就是胆子忒大。我把做长工攒下的七块大洋交给他，跟他说，眼下国民党剿得太凶紧，你们赶快到长城外内蒙古大姐家躲一阵子。可谁知，第二天我到磨房干活，看见你舅舅并没有离开，正怀抱着你姐姐，给她烧山药蛋吃呢。有坏人告密，还乡团来了，死死围住磨房，大喊："熊沛，这回你可跑不了。"你舅舅叫人喊来了你妈，把你姐姐交给你妈。你妈妈知道国民党这回得了手，又急又怕，直哭得厉害。但是你舅舅一点儿也不害怕，回头看看我，看看你妈和你姐，就跟着还乡团去了。

国民党一直把你舅舅关了三年。你三姥爷心里也清楚这个侄儿是个人才，作为亲叔叔，从亲情的角度也未必想把他们熊家的男丁杀绝，但是你舅舅软硬不吃，宁死不悔，在狱中坚持宣传党的主张。1949年全国解放之前，国民党屡战屡败，只得退出阳高，死守天镇。临退之前，开始野蛮屠杀，凡是被羁押的共产党一律拉到阳高县西城门外活埋。你舅舅牺牲的那个夜晚，他似乎对形势的发展有所预感，他告诉同一监舍的民兵王二圪蛋说，我们就要胜利了，你明天天亮就可以出狱了，我连今晚半夜也不能活过了。说完，你舅舅落泪了。

你舅舅他只有三十多岁，整天打来打去的，还没有顾得上说媳妇儿，熊家还没有见到后人，我思谋他掉眼泪不是怕死，不是后悔，他心里明白着呢，知道共产党坐天下就在眼前，自己却不能看到那一天了。他怎么能舍得去死啊，怎么能不悲伤？王二圪蛋第二天就被解放军救出来，他没回家，直接找上我，说熊沛半夜被拉到阳高城西门外活埋了……我和你妈听了，哭着去找你三姨夫给你舅舅收尸骨，你妈和三姨哭着喊着不让去，她们害怕国民党把我们两个打死。我和你三姨夫说，熊沛为了咱们老百姓把命都搭上了，我们连去收尸都不敢，还算人吗？谁知我们到了西门外，看到活埋人的大坑被野狗翻得乱七八糟，遍地都是被野狗啃得面目全非的尸体和支离破碎的残躯断肢。上哪里去找你舅舅啊，我们一个个翻动那些残尸，也弄不清哪个是你舅舅。那些吃死人的野狗，追着我们又叫又咬，一对儿血红的眼睛瞪得柿子那么大，舌头上挂着哩哩啦啦的哈喇子，老远就能感到它们鼻子里喘出的气发烫。我们慌得连带去的麻袋都不敢回头捡，连滚带爬地跑，算是从死人堆里逃了出来，就这么，你舅舅的尸骨到如今也没寻到。

[作者随笔] 长谈中，提起舅舅，汤计立时神采飞扬，滔滔不绝，把这个人物讲得栩栩如生，有血有肉。言语间，那个侠肝义胆的男子汉，那个威武不屈的年轻共产党员，已然来到了我们身边。他的呼吸，他的气场，他的朗朗之声，他的拳拳之心，让我热血沸腾，热泪盈眶。熊沛和汤计，舅舅和外甥，身处两个完全不同的时代，拥有完全不同的人生，如果说汤计这个没见过舅舅的外甥，这个远离了战场的晚生，能够完美地讲述舅舅的故事，并且透露出深深的敬意，是童年家教的沉淀，因耳熟而能详；那么讲到舅舅雨中慷慨赴死，最后遗骨荒野，汤计这个高大的男人，似有心身俱焚之痛，竟然泣不成声。虽然他捂住眼睛，低下头，不让我看到泪水，但是他的身子却在剧烈颤抖，情绪久久不能平静，却是用骨肉亲情未必可以阐释的。毕竟舅舅牺牲经年，对于汤计来说是一个需要理性瞻仰的前辈。我感动，更好奇，专门去翻看了有关母系基因遗传密码的资料，简单地说吧，外甥的身上会有四分之一

的基因与舅舅相同，而母系的线粒体 DNA 基因则全部会被外甥继承。汤计的外貌形象，汤计爱憎分明、嫉恶如仇、路见不平绝不绕行，该出手时就出手的秉性脾气，应该说和舅舅的基因遗传不无关系。而最重要的是，汤计来自农村，从最基层的工厂开始职业生涯，在新华社工作三十年之久，接触百姓民生，了解世态炎凉，他的情感，和舅舅一样最贴近底层人民，因此舅舅对于他来说，并不仅是长辈嘴里的传奇，还是一个潜在的志同道合者。他非常理解舅舅为什么分家产，舍性命，为人民翻身解放出生入死。他在舅舅的故事中发现了信仰的力量，从而进入了舅舅的情怀。情怀是内心的意境，信仰是情怀的支点，在高贵的生命之中，情怀有如海洋，海纳百川，无时不在沸腾升华，把人类的梦想，文明的愿景，潜移默化于个人的生命肌理之中，形成气质。气质无形，却处处显现。不知不觉之中，"长大后我就成了你"，舅舅未竟的梦想成就了汤计的人生理想。

三、你是一个泥娃娃

[**作者随笔**] 作为一个同龄人，我非常理解汤计童年里的饥饿。他讲到背着半袋子玉米面交学费，然后每天每顿都喝加了谷糠的糊糊，我都能感觉到那碗中的糊糊飞快倾入食管，然后一层咖啡色屑状物质，被筛挂在牙齿上，用舌尖舔舔，是怎样的一种糙硬无味。

我接触过不少现已出人头地的同龄人，他们在讲述童年的时候，或一言以蔽之——那时候穷啊……或完全没有了汁液，只剩下干瘪的履历，出生年月加上学时间而已。而一旦情到深处，就是流泪，让我看心底上的伤痕。汤计的讲述却时常引起我和助手乌琼的大笑。逗人的是当年的故事，更是他此时此刻的表情语气间那种孩子气，那个资深持重的老记者不见了，站在你面前的是一个聪明又懵懂的调皮鬼，是一个充满梦想很少烦恼的小小少年。

汤计的后脑勺正中，有一个十分明显的朱砂痣。他的父亲一开始不信，后来坚信，这颗朱砂痣是一个泥娃娃的投生记号，来自于罗屯村八里之外的下梁源佛殿庙。

汤计父亲汤进朝三十五岁时，他仅有的儿子，被麻疹夺走了生命，膝下只剩一女，也就是大汤计十四岁的姐姐。不孝有三，无后为大。人们传说，八里地以外的下梁源佛殿庙可以抱泥娃娃求子，他听了笑笑，回家当笑话说给了媳妇和女儿听。汤计的姐姐那年已经十三岁了，没有大名，被父亲称作女儿，因此女儿就成了她的名字。穷人的孩子早当家，不知道什么时候，女儿学会了替父母分忧。羊年的端午节，她悄悄揣上一些香火钱，穿过一片绿油油的庄稼地，健步如飞地走了小半天，来到了佛殿庙。庙里是尼姑做住持，她问女儿，你想要个啥？女儿回答，要个弟弟。那慈眉善目的尼姑一笑，回身进入庙堂，不一会儿抱出一个八寸大小的泥塑娃娃，胖嘟嘟的脸蛋儿，好像会笑的样子，把个女儿欢喜得不得了。她连连说："就要这个弟弟，就要这个俊弟弟！"伸出手就要抱过来，好像抢的架势。

尼姑住持笑了，她说："你这个小姐姐，比爹娘还急呢。你得等等。"

尼姑住持拿起一根筷子，蘸了点朱砂，在泥娃娃的后脑勺上点了一个点。然后说："这就是他的记号，赶明儿你有了弟弟，要原样抱回来，每年的端午节都得来庙里烧香拜佛，一直到他年满十二岁。"

女儿连声说好，一路小跑回了家，到家赶紧按尼姑住持的吩咐，给泥娃娃拴上红线绳，藏在了堂屋的门后。

一年以后，汤计出生。汤家终于有了男丁，汤进朝的脸上云开雾散，家中屋里屋外充满了欢笑。汤计的母亲爱干净，把儿子一天洗好几遍。孩子小，脖子软，她就要丈夫帮忙托着孩子脑袋，汤计父亲一摸孩子的后脑勺，恰恰就摸到了汤计后脑勺上的朱砂痣。哎呀，我的天！这可是心诚则灵，佛主眷顾啊！这孩子就是那泥娃娃转世，连后脑勺上的朱砂痣都是一样的呀！这是1956年的事儿。

汤计长到六岁上，父亲说男孩子不能一味惯着野玩野耍的，该发蒙就得去上学。汤计永远忘不了那一天，父亲用一辆小毛驴车载着他，往下梁源去。一路上，言语金贵的父亲唠叨个不停。他说，娃呀，知道读书做甚不？汤计回答，当县大队呢。父亲又说，当县大队做甚？汤计说，消灭日本鬼子蒋匪帮呗。父亲说，日本鬼子和蒋匪帮没了，如今读书不为当县大队了，读书是为将来做大事。

这回轮到汤计发问了：啥叫做大事呢？

父亲无语了。是啊，啥叫做大事呢？

父亲只好告诉儿子，等你读了书就知道了。

学校就是由佛殿堂庙改建的，迈进庙宇高高的门槛，汤计立在了老师的桌子前。老师见他比别人高出半个脑袋，就问他，你几岁了？

汤计说，六岁了。

老师说，叫什么名？

汤计怯怯地说：连成。山西民间戏曲二人台有个著名的唱段叫

《打连城》，姐姐学晋剧，就随口给弟弟取了个二人台曲曲儿中的小名，一直叫着。汤计妈说，舅舅如果在，或许能给俺娃娃取个洪福齐天的大名。

老师问了汤家叔伯兄弟的名字：汤文、汤武、汤臣、汤忠，沉吟一下说，那你就叫汤计吧。从此泥娃娃连成有了永不更改的正名大号。许多年之后，新华社高级记者汤计在包头调研，发内参，为民除恶，惩办私设公堂的不法警察，一些恐吓和威胁的信息传到他耳边，他这样回答——大丈夫坐不更名，行不改姓，我就是新华社记者汤计，你来吧，我等着！此是后话。

上了小学的汤计，觉得一切都那么新鲜、有趣、奇妙。语文课、算术课，还有体育课、音乐课，简直像吸盘一样抓住了汤计的全部心神。世界在他的眼前，掀开了一道缝，犹如黑暗的剧场里，舞台的大幕透露着一缕璀璨迷离的光。他要去掀开那道大幕，看清楚舞台上是个什么样。他爱上了学习，一到放假，总能给父母拿回几张红五分的卷子。老师家访的时候说，你们家的汤计能坐得住板凳，上课从来都是盯着老师一动不动。姐姐摸摸弟弟的后脑勺，跟弟弟说，连成，连成，你是个泥娃娃不假，是个点了朱砂红印的文魁也不假。

上小学的日子里，赶上三年天灾人祸，村里的光景大不如从前了，学生每个月从家里背到学校的伙食粮，都是玉米面或者带糠皮的小米。孩子们早上喝糊糊，晚上还喝糊糊，整天肚子饿得咕噜咕噜响。

男孩子正是长身体的时候，一天到晚被吃东西的欲望驱动着，无论如何也坐不住教室的板凳了，他们仨俩一伙儿地走出了学校的大门。田野里的一切，都是集体的，集体的粮食丢了，就是"阶级斗争的新动向"。然而，生命的第一需求怎么可以抗拒，孩子们要站起来，要走路，要做操，要红五分，就得吃！鬼机灵的汤计一招手，几个饿红眼的同学相跟着，半夜里偷偷摸摸溜进了玉米地，掰下几个苞米棒子卧倒在地里听风声，确定护秋的社员没有发现，站起来就跑，一直跑，不回头，跑到灌木丛林子边上，在远离公社玉米地的地方，捡来一些树枝和干草，还没等玉米烧熟，就你抢我夺地啃起来。

在身体如此饥饿的时候，汤计竟然发现了自己的另一种饥饿，那就是对故事的渴望。学校里有个高年级的学生是汤计的姨表哥，叫王然。王然比汤计大八岁，已经上了初中。一次挖野菜的时候，王然给汤计讲起了长篇小说《青春之歌》的故事，令小小年纪的汤计十分着迷。那美丽坚强的林道静和英俊深沉的卢嘉川，还有那个自私狭隘的余永泽，让汤计有了一种牵挂。他朝思暮想，猜想这些人物的命运，也想象这些青年才俊的爱情未来。

汤计整天缠着表哥，后来呢？后来呢？吃饭的时候问，睡觉的时候问，表哥不耐烦了，就把一本已经残旧的《青春之歌》交给了他——自己去看吧。当时汤计只有二年级，很多字都不认识，汤计正是在那时学会了使用《新华字典》，明白了自己每天认认真真朗读的字词，竟然是山西话。比如麦子不念"灭子"，尹不念"影"。由此一来，识字和阅读双进取，小学即将毕业，汤计不仅读了《平原枪声》《林海雪原》《铁道游击队》《红岩》《晋阳秋》《烈火金刚》等二十几部长篇小说，气质也渐渐与众不同起来。他喜欢上了听广播，喜欢上了"长篇评书连播节目"，还喜欢上了"新闻和报纸摘要"节目，他的作文越写越好，篇篇被老师选作范文朗读。他高兴了就给同学们背诵长篇小说的段落，比如《钢铁是怎样炼成的》："人的一生应当这样度过：当他回首往事的时候，不会因为碌碌无为、虚度年华而悔恨，也不会因为为人卑劣、生活庸俗而愧疚。这样，在临终的时候，他就能够说：'我已把自己整个的生命和全部的精力献给了世界上最壮丽的事业——为人类的解放而奋斗'"；还有《林海雪原》中少剑波的诗句"万马军中一小丫，颜似露润月季花，体灵比鸟鸟亦笨，歌声赛琴琴声哑……"他甚至知道毛主席说"梅花欢喜漫天雪，冻死苍蝇未足奇"；还知道原子弹一爆炸，天上就会升起红色的蘑菇云。他要说点什么事情，肯定周围有一帮同学竖着耳朵听，他说话绝对不像他的那些同学总是俺大（爸）说、老师说、戏文里说什么什么的，他气定神闲，霸气外漏，一张口就是——我告诉你们，你们给我听着——在同学们眼里，汤计俨然无所不知，无所不晓，乃众星捧月的故事大王、英明领袖是也。

老师告诉汤进朝，你儿子要不好管了。果然，初中时，老师发现汤计在偷偷读禁书《金陵春梦》，这还了得！在文革时期的中国，哪怕在闭塞的乡下，阶级斗争这根弦，始终都是紧绷的。

老师没收了汤计的书，说："你要好好学习。"

汤计说："我咋不好好学习了？"

老师说："你不要看这种封资修的书。"

汤计说："我批判着读。"

老师说："你再狡辩，我处分你。"说罢，拿着汤计的《金陵春梦》到自己的宿舍里一睹为快去了。

晚上，汤计无事可做，呆着腻歪，就到草丛里捉了一只青蛙，悄悄地放进了老师的夜壶里。夜里老师起来撒尿，滚烫的尿液浇到青蛙身上，青蛙嗖一下跳出来，撞上老师的"小弟弟"。

尿壶倒了，老师在惊吓中摔了个大腚蹲儿。第二天上课的时候脸还是青紫色的。他拿着粉笔头往一个个淘气包的身上投掷，说："你，你，还有你……下课都给我站墙根儿去。"

汤计就这样一天天长大了。20世纪的90年代，他回乡探亲的时候，见到了当年的老师。老师还没忘这件事，他问汤计："尿壶里放蛤蟆，是不是你干的？"汤计在老师面前低头认错，像满脸羞涩的大孩子那样怯怯地说："是。"

"哈哈，我当时就怀疑是你。"老师说："真没想到你这个淘气包，还当了新华社记者！"

汤计再次不好意思地说："是。"

老师笑了，说："汤计呀，其实当年我最喜欢你爱读书的那股劲儿。"

四、我就是想当新华社记者

　　把日子过得好一点，过年能吃上饺子，出远门不用在肩膀上背一串布鞋，可以雇得起马车，这大概是罗屯村每个务农的男人都会有的想头。汤计的父亲汤进朝略显不同，他是个行动主义者，合作化使他成了两手空空的社员，他便悄悄背上十几个窝头，步行二十里地到了阳高县城，坐上火车走了一夜，就到了他心中毛主席、共产党住的地方——北京城。

　　在北京铁路局丰台工务段的一个桥梁工地，汤进朝找到了希望。每天抬钢梁、拧镙钉、打桩子，汤进朝不藏力气，很快就成了劳动模范。单位欢迎他把老婆孩子接来，谁知媳妇摇着脑袋说："那城里到处写着字，不识字的人上个茅房都找不到，可不敢去，可不敢去。"

汤进朝还是不甘心，于是第二次出走。这一次到了内蒙古首府呼和浩特。正赶上全国掀起第三个五年计划社会主义建设高潮，他很快在内蒙古第三建筑公司找到了一份泥瓦匠的工作。由于他手艺好，又肯干，被定为六级瓦工，一个月大约能挣七十元钱，足以养活七八口人。

　　领导觉得老汤这个人好，能干能说还厚道，就问他说："你家里的会做饭吗？"

　　汤计父亲说："村里的女人咋能不会做饭？"

　　领导说："那好啊，那就让她也来吧，到食堂工作。"

　　汤进朝又开始喜滋滋地筹划未来。一想到自己聪明爱学的儿子汤计就要穿上白小褂、蓝卡其布裤子，兜里别上一支抽水钢笔，每天高高兴兴地在学校楼房里念书，他的心里乐开了花。

　　汤进朝的幸福梦最终又是折戟沉沙，妻子还是坚持不进城。这个从来没进过城的农村妇女，固执地认为天底下最养活人的地方是罗屯村。汤进朝只好长叹一声，从此留在了罗屯村。等儿子汤计长到十几岁，汤进朝没像别人家那样，让儿子下地种庄稼，而是让他继续读书。汤计初中毕业，父亲说，儿啊，大出不去了，你给大走出去，过不一样的日子去！

　　汤计来到天津市武清县，投奔姐姐、姐夫。那时，姐夫的部队在天津大港油田"支左"，大港油田刚好招工，虚岁十五的汤计就到大港油田机修总厂当了工人。他个头高，篮球打得不错，厂里让他加入了球队，他整天穿着一双漂白的回力鞋，到处比赛，一晃就是四年多。后来偶尔写了几篇小宣传稿，被领导看中，便将汤计调到工会搞宣传，当了干部。当上干部之后的第一件事是到机修厂的

"五七"农场锻炼，不一样的日子竟然是从掏大粪开始的！

十九岁的汤计和三十岁的师哥一组，每天开着罐车，挨个厕所抽大粪，然后送到发酵池，第二年做有机肥。六个厕所半天就可以掏完，让汤计受不了的是那挥之不去的脏和臭。每天干完了活儿，他就觉得自己汗毛孔都浸透了臭味，只好不停地洗衣服、换衣服。吃饭的时候眼前老是看见那成片的绿豆蝇和屎尿，恶心得没办法，不由垂头丧气，人也饿瘦了不少。他的领导是一位参加过解放战争的转业军人，他对汤计开始了教育，他说："你们这些小青年，生在红旗下，长在蜜罐里，你们哪里知道，没有大粪臭，哪来大米香？过不了劳动这一关，看你们怎么能继承革命事业，接过老一辈手里的红旗？"

汤计当时正在积极要求入团，领导的一番话警醒了他。对呀，咱到五七农场干啥来了？不就是要踩一脚牛屎，磨一手老茧，炼一颗忠于党忠于毛主席的红心吗？遇到这点臭味儿算什么，一定要战胜它。

厚道善良的师兄处处爱护汤计，汤计咬牙坚持，越是困难越向前，不久就适应了这份独特的工作。除了圆满完成分内工作之外，每到下午，他还开上手扶拖拉机，到稻田里帮忙运送稻种，插秧，一麻袋稻谷一百多斤，扛起来就走。汤计就这样，什么活儿都学着干，抢着干，到了一年锻炼期满，"五七"干校上上下下没有不夸他的，他也实现了自己的美好心愿，成了一名光荣的共青团员。

从1976年汤计回到机修总厂宣传部做干事，1982年调到大港石油报做记者，到1986年考上中国新闻学院，在这将近十二年时间里，汤计跑遍了大港油田的所有钻井队，接触了许多平凡却伟大的工人、干部、家属，完成了数百件来自最基层的采访和报道，也为油田和工厂撰写了大量的公文。如果说汤计的职业生涯在呼格吉勒图案改判无罪之时达到高峰，那么，这十二年的历练，正是他的起步长跑。汤计的职业精神，业务基本功都是从这十二年建立起来的。汤计说，在厂里搞宣传，就是凭着直觉工作，没人告诉你专业知识，直到厂里派自己到《华北石油报》进修，才弄明白，什么是消息，什么是通讯，什么是评论，才知道自己需要学的东西还很多很多。汤计此时悟出来了，同样是做记者，为什么有人就能出手不凡呢？关键是人家读书多，有学问，就能产生思想。万里长征始于足下，他每天手不释卷，分秒不舍地读书。那个年代正值百废俱兴，每有新书出版上市，汤计就早早起床，到新华书店排队购书。文史哲统揽，见一本，买一本，读一本。他读得最多的是毛主席的书，有《中国社会各阶级的分析》《湖南农民运动考察报告》《别了，司徒雷登》《实践论》《矛盾论》《人的正确思想是从哪里来的》，最喜欢读的文学作品是《红楼梦》《契诃夫短篇小说选》《唐诗选》《宋词选》……读书不仅提高了他的人文修养，裨益了他的新闻写作，也为他顺利考上中国新闻学院铺垫了基础。而进入中国新闻学院学习，则让这个正在新闻记者之路上求索的青年，像一匹跃入草原的骏马，看到了晨曦如金的远方。他明确了，坚定了，这就是我梦寐以求的夙愿，我就是要当一个新华社记者！

中国新闻学院由新华社主办，新华社社长，德高望重的穆青先生兼任新闻学院院长，并亲自为汤计他们授课。汤计坐在明亮的教室里，简直不敢相信自己的眼睛，站在讲台上这个亲切和蔼的老头儿，就是那个被自己敬仰了多年的著名记者穆青。此刻，那些稔熟已久的语言再一次浮现在他心中：

一九六二年的冬天，正是兰考县遭受内涝、风沙、盐碱最严重的时刻。这一年，春天风沙打毁了二十万亩麦子，秋天淹坏了三十万亩庄稼，盐碱地上有十万亩禾苗碱死，全县的粮食产量下降到历史最低水平。

就是在这样的关口，党派焦裕禄来到了兰考。

展现在焦裕禄面前的兰考的大地，是一幅多么苦难的景象呵，横贯全境的两条黄河古道，是一眼望不到边的黄沙；片片内涝的洼窝里，结着青色的冰凌；白茫茫的盐碱地上，枯草在寒风中抖动……第二天，当大家知道焦裕禄是新来的县委书记时，他已经下乡了。他到灾情最重的公社和大队去了。他到贫下中农的草屋里，到饲养棚里，到田边地头，去了解情况，观察灾情去了……这一天，焦裕禄没烤群众一把火，没喝群众一口水。风雪中，他在九个村子，访问了几十户生活困难的老贫农。在梁孙庄，他走进一个低矮的柴门。这里住的是一双无依无靠的老人。老大爷有病躺在床上，老大娘是个瞎子。焦裕禄一进屋，就坐在老人的床头，问寒问饥。老大爷问他是谁？他说："我是您的儿子。"老人问他大雪天来干啥？他说："毛主席叫我来看望您老人家。"老大娘感动得不知说什么才好，用颤抖的双手上上下下摸着焦裕禄……

多么真挚的情感，多么生动的细节，多么简洁的语言！穆青的笔，透过焦裕禄这个县委书记在兰考带领全县干部群众治沙的事迹，把一个与人民群众血肉相连的共产党员的形象牢牢镌刻在了读者心上。长篇通讯《县委书记的榜样——焦裕禄》，发表于1966年2月7日的《人民日报》上，经历"文革"十年、改革开放十年，为什么魅力不减，至今让人读起不仅没有疏远感，没有陈旧感，反而越发感觉深沉凝重，令人掩卷长思呢？

穆青在授课中，像浇灌秧苗一样，将自己的宝贵经验告诉了汤计这一批未来的中国新闻事业生力军。

首先，作者要站在时代的制高点上，选取最能体现社会本质和主流的材料，反映重大的历史命题，紧扣人民群众的心弦。如何把握住这一点，是要考验一个记者的政治素养的。在当时，"文革"的氛围已经出现。穆青认为，坚持真理，实事求是，是一个党的新闻工作者的党性所在，也是一个党的新闻工作者的素质所在。写焦裕禄，穆青坚持："要具体描写自然灾害的情景。如果不写，就写不出焦裕禄，写不出焦裕禄领导群众艰苦奋斗的精神，看不到灾情，焦裕禄岂不成了堂吉诃德斗大风车了？"文稿中之所以不写阶级斗争，是因为采访中没有发现阶级斗争的事实。

真实就是力量，就是生命。正像焦裕禄同志所说的那样，"吃别人嚼过的馍没味道"，记者一定要深入新闻现场，掌握第一手资料。写焦裕禄，穆青踏着焦裕禄的脚印，走遍了兰考县的山山水水，访问过几十位基层干部和群众，亲眼看到了焦裕禄带领群众挖的沟渠，封闭的沙丘群。

这时候汤计感觉自己像是回到了儿时，回到了在下梁原上第一堂课时的状态，他聚精会神，紧盯着老师，生怕遗漏了老师的半句话。老社长穆青还有一句至关重要的话："新华社就是党的耳目喉舌，有责任把人民群众的喜怒哀乐，及时反映给党中央，千万记住，我们是人民的记者，勿忘人民！"汤计说，这句话影响了我一生，穆青是我永远的榜样！我就是要当一个穆青这样的新华社记者。

五、开门遇上池茂花

1988 年，汤计从新闻学院毕业，他如愿以偿，被分配到新华社山西分社做记者。

山西分社给汤计指定的老师叫池茂花。池茂花是一个看上去平平常常，实际上大名鼎鼎的资深记者。池老师老家在山西省朔州市平鲁区，与阳高县的汤计算是半拉老乡，都是老雁北地区人。池老师是一位从部队直接调进国家通讯社的老记者。池老师端正豁达，又敏锐机警，实践经验十分丰富，业务上可以说是炉火纯青。池老师的新闻代表作《父亲代省长，儿子下矿井》，曾经轰动一时，汤计印象十分深刻。

池老师说，在新华社工作不是坐机关，必须到处走，凡是有人的地方，都有我们采访的可能性。汤计跟着池老师下去调研采访次数多了，也渐渐看出了门道，为什么别人不知道的事他知道，别人刚知道的事，他早已经知道？这就是池老师的过人之处了——善于交朋友，经常帮人排忧解难，他到什么地方都不是生人，上至市长书记，下至普通百姓，总有人为他提供采访线索，他的新闻触角因此无处不在，而且灵敏精准。

汤计跟着池老师到浑源县采访，有一天一个老熟人找上门来，告诉他们县交通局有个干部，星期日到乡下的朋友家喝酒，喝多了骑车摔死了。事情发生在星期天，完全是私人活动。可是他们的家属非要往因公牺牲上靠，县里不答应，他们就把死者的尸体摆放在县委大院里闹事，嚷着要求追认烈士。尸体在县委大院一连放了好几天，围观者很多，严重影响了机关正常工作。县委书记胆小怕事，一筹莫展，结果闹事者越发肆无忌惮，干部群众反映十分强烈。池老师一听，带着汤计去了现场，经过调查之后，池老师说："汤计，这事咱们要管管。"

他们找到那个县委书记。池老师开门见山："这事你要赶紧严肃处理。"

县委书记一脸愁云，在办公室地上走来走去绕圈圈："咋处理啊，您给看看？"

池老师说："你应该知道这是寻衅滋事，国家是有法律的，他们已经犯罪了，你作为党政领导，为什么不敢担责任？你知道不知道这是玩忽职守？如果我写内参报中央，到时候被处理的就是你了。当然，如果你妥善处理了这件事，我们写报道也可以换一个角度。"

池老师的话犹如醍醐灌顶，县委书记终于意识到问题的严重性，当即召开了公安、法院联合办公会，对寻衅闹事人员予以拘留，强行将死者尸体抬出县委大院，使政府机关恢复了正常的工作秩序。

后来，他们就这件事写了一篇题为《浑源县严肃查处一起以死人要挟国家事件》的稿件，在《人民日报》第四版加花边发出，当天被新华社评为三等好稿。

这件事情让汤计陷入了沉思，他第一次感觉到新华社记者手里的笔是如此非同凡响。使用这支笔不是为了出语惊人，不是为了炫人眼目，也不是为了锦上添花或者沽名钓誉，而是为了振聋发聩，为了惩恶扬善，为了摧枯拉朽，根据党和人民的需要，做耳目喉舌，做匕首投枪。年轻的新华社记者汤计，第一次感到了脚下有漫漫长路，肩上有千斤重担。

池老师说，汤计，你要做一个优秀的新华社记者，就要勇于实践，实践出真知，实践长才干！

1987年，在通讯《总理和农民矿长》的写作过程中，汤计对池老师的教诲渐渐心领神会。

事情发生在平鲁区的火烧坡村。当地有一个顺口溜："火烧坡，火烧坡，鸟儿在此不做窝"，可见此地是多么荒凉贫困。二十世纪八十年代，为了脱贫，政府允许农民办乡镇煤矿。有个叫尹厚的农民，比较有头脑，他承包了一个煤矿，领着一些兄弟，打了矿井，开始挖煤。尹厚的煤矿生产方式很原始——工人下井，用镐头刨掌子面，把煤弄出地面，再用毛驴车拉走。矿里黑暗狭窄，不仅又闷又热，空气污染也很严重，工人们在井里面光着身子干活，人身安全没有保证，收入也比较低。

时任国务院副总理李鹏，有一次到朔州露天煤矿视察，期间他提出要到一个乡镇煤矿看看，了解一下情况。当时尹厚这个矿，在众多简陋的乡镇煤矿中就算不错的了，当地政府就选了这个矿请副总理去看。尹厚一听李鹏副总理要来，惊喜万分，也有些忐忑不安。他赶紧打扫了井上的卫生，又露天摆放了一张大木头桌子，一条长木凳，切了几个西瓜，来招待李鹏。

　　李鹏来了，要到掌子面上看看工人。

　　尹厚赶紧说，首长就别去了，别去了……

　　李鹏还是坚持要去。尹厚一看拦不住，就说了实话："您就别去了，掌子面通风不行，地方也窄，工人们都是光着身子干活。"

　　李鹏一听，沉吟半晌，后来说："这怎么行？一定要上综合采煤，实行机械化作业。"

　　尹厚激动得很，连忙说："就盼望着上综采呢，首长请吃西瓜，请吃西瓜……"

　　李鹏似乎没有听到尹厚的话，也没有吃西瓜，他吩咐随行的国务院相关部门和当地党政负责同志，要扶持乡镇煤矿上机械化综合采煤，改用皮带传送运煤，保证安全生产，银行要给贷款。

　　李鹏离开之后，尹厚根据李鹏的指示，申请了贷款，又投入了自己的一些积累，上了综合采煤设备，生产安全有了保证，井下通风问题得到解决，煤产量大幅度提高，原来简陋不堪的小煤矿，工作条件和福利都大有改善，还建起了办公楼。把个质朴的尹厚高兴得啊，见到县里领导就说："知道李鹏副总理啥时再来吗？李鹏副总理要是再来，可别忘了请他到我们火烧坡矿上来看看，如今的矿真叫好啊！"

李鹏还真就让尹厚给盼到了。时隔两年，已经担任国务院代总理的李鹏仍然惦记着这个乡镇煤矿，当他再次到山西视察时，又提出到火烧坡煤矿看看。一看，果然变化很大，他特别高兴，不仅吃西瓜了，还坐在那个木头椅子上跟尹厚他们唠了半天。李鹏鼓励他们要考虑到未来发展，要继续上大型联合配套采煤设备。尹厚听得信心大增，意识到目前的设备还只是半机械化的，的确不适应发展的需要。李鹏走后，尹厚就开始策划新的发展。

平鲁区是池老师的家乡，火烧坡这个地方没有不认识池老师的人。他带领汤计去调研，刚下车，就被街上的乡亲们给围住了，这个说，茂花，咋这久没回来？那个说，你看咱家乡变样了吧？那谁有钱了，不打光棍了，那谁发财了，把旧房子推倒重新盖了……

尹厚赶来看池老师，池老师说："哎呀，尹厚，我咋不认识你了？"

尹厚乐颠颠地说："哈哈，茂花大哥，弟弟不就是穿了件新衣服嘛。"

尹厚的确变了，外在的变化是穿上了西装，戴上了电子手表，内在的变化是在谈吐中表现出来的，什么市场竞争，什么适者生存，什么贫穷不是社会主义啊，摸着石头过河啊，以经济建设为中心啊，嘴里装满了新词儿。

尹厚做东，请池老师和汤计到村里最好的饭馆吃饭。一高兴，尹厚没少喝，脸也红了，话也多了，先是痛说过去农民吃不饱穿不暖的苦日子，接着倾诉自己领着兄弟们光着腔，在掌子面上挖煤，九死一生的不容易，说着说着就讲起了李鹏来火烧坡视察的事情。汤计听着，不由眼前一亮，这个故事太好了！能出一篇好稿子啊！

汤计想，如果不下来，哪能得到这么一个好素材。尹厚满怀激情地讲，汤计一字不漏地记……那天下午，回到住处，汤计便开始琢磨素材，捋思路，接着熬了大半个通宵，推翻了几回，修改了几遍，终于给池老师交上了一份自己满意的"作业"。池老师坐在那里细细地读，汤计在一边等得心突突跳，他不知道自己这篇倾尽全力的作品，能不能进入池老师的法眼，够不够发表水平。

半晌，池老师抬起头来说："嗯，题材抓得准，情感饱满，有深度，不乏幽默机智，你看'毛驴身上都是煤渣，好像一堆会动弹的炭'、'工人从掌子面里出来，不笑，看不到牙齿，浑身都是黑的'多生动啊……哎呀，啥都挺好，就是这件事过去这么长时间了，李鹏第二次来都过去俩月了，没有一个新闻由头。"

汤计初出茅庐，多么想小试刀锋，崭露头角啊，看着池老师一直没说话，他想，可能发表不了，那就权当一次练笔吧，不过心里还是很遗憾。没想到足智多谋的池老师，到底想出了个好点子。

晚上吃饭时，尹厚来了，池老师就鼓动尹厚："尹厚啊，李鹏代总理走了这么长时间了，怎么没听说你又有啥进步啊？"

尹厚急了，他说起来，我咋能没有进步呢，这煤矿又如何如何发展了……

池老师说："哎呀，那你怎么不给李鹏代总理汇报啊？"

尹厚说："看大哥说的，我上哪里找人家那么大的领导汇报啊？"

池老师说："你给代总理写封信嘛。"

尹厚说："我写信往哪寄？"

池老师说："哎，我给你往上捎啊。"

尹厚一听乐了："那我跟你们说，你们帮我写这个信。"

池老师就帮他给李鹏代总理写了封汇报信。然后池老师和汤计带着这封信和汤计的稿子到了北京。池老师请总社的杨振武、李尚志看了这篇稿子，他们一致认为不错。李尚志到中南海李鹏办公室，把这封信直接交到了李鹏代总理手里，与此同时把汤计的稿子交给新华社总编室审定。1988年初在全国人代会上，李鹏当选国务院总理，不久这篇稿子发表。新华社现在的总编辑何平，那时候是编辑，他把标题改成了《总理与农民矿长》，使稿子更加引人注目。这篇稿子在《人民日报》二版的头题发出之后，中央电视台、中央人民广播电台予以采用、播送，几乎全国的省报全部转载，影响特别大。汤计也因此获得了山西省新闻一等奖。这是他成为新华社记者以后获得的第一个奖励，给了他极大的信心和鼓舞。

六、崭露锋芒在包头

1988 年底，汤计由太原到北京出差，和几位老同学相聚在总社招待所。当时汤计刚刚由政治记者改任体育记者。体育记者采访任务不重，往往一年半载也遇不到什么重量级的新闻。汤计年纪轻轻，哪里能耐得住如此"生命不能承受之轻"，心中难免有些郁闷，见到老同学，不由一吐为快。他说，做记者，忙不死，累不死，倒是闲了能把人闲死。一个同学说，汤计，那你干脆到内蒙古大草原上去驰骋吧！另一个同学说，就是，到内蒙古找你的心上人爱芳去吧！当时内蒙古分社的社长何东君正好也住在总社招待所，有一位同学请来了何东君。

何东君后来当了新华社社长。此人英俊帅气，一米八三的大个儿，身姿挺拔，目光炯炯。他自己帅也要求自己的下属帅，他在内蒙古分社的时候，要的记者都是一米八以上的大个子。他说新华社记者出去不仅要有修养，还要有模有样，站在人堆里找也找不到的不要。他一看汤计的个头长相就挺喜欢，再一问，科班出身，中共党员，毕业于中国新闻学院，还在山西做过政治记者，更是满意了。

何东君社长说："我们的政治记者田炳信刚刚调到广东分社，这个岗位正缺人，你就换一个地方继续做政治记者吧。"

随即，何东君就带着汤计到了总社人事局，见了总社人事局局长。这位局长以为年轻人都愿意留在大城市，不愿意去边疆少数民族地区，于是热心地给汤计上了一堂政治课。他将汤计带到了中国地图前，指着内蒙古说："你看，大草原多辽阔，够你跑的，越是偏僻的地方越容易出新闻，你到内蒙古去好好干，一定会立大功。"

汤计心里早已求之不得，听局长这么一说，他心里的郁闷一扫而光，连忙说，我也是这么想的。

许多年过去，汤计立功受奖，遇到这位已经退休多年的老局长。老局长还记得当初的事情，他紧紧握着汤计的手说："你看，我说你到内蒙古对了吧？"汤计也没有忘记老局长的叮咛，于是两个资深新华社人握着手开怀大笑。

内蒙古是好地方，在这 118.3 万平方公里的大地上，拥有深厚的游牧文化积淀，拥有党领导各族人民奋发图强的辉煌历史，也拥有世界著名的包头钢铁稀土基地、呼伦贝尔大草原、大兴安岭山脉、鄂尔多斯煤炭基地……"东林西矿、南农北牧"，草原、森林和人均耕地面积居全国第一，稀土金属储量居世界首位，也是中国最大的牧业区。在内蒙古北方还有一种政治经济资源，那就是与蒙古国和俄罗斯联邦接壤的 4200 公里的国境线。

二十世纪八十年代末，随着中国改革开放的进程，内蒙古的经济开发呈现出快速腾飞的趋势，这里富集的资源，已经变成了经济振兴的重要基础。内蒙古，不再是用"美丽的草原我的家""白云下面马儿跑"便可以描述的地方，内蒙古正在成为中国经济发展最快的能源基地，这里的文化、法制、民生、生态都发生着巨变，各种前所未有的社会矛盾、民生难题、法律课题随之出现，在这些问题不断被克服、化解、改变的同时，也不断衍生、变异、扩展，一个定向采访党政权力部门、法制系统、民生民情的新华社记者，面对的是一个多元的全方位大世界。

初出茅庐的汤计接受考试的时刻到了。

你是一匹马，驰骋在无边的草原上。

你的脚下繁花似锦，却隐藏着乱石荆棘。你发现自己的路永远在脚下，因为下一个课题总是不停地出现。仿佛那绿色的远方，一直在草原上等你，你却永远走不到尽头。无论如何，你不能停住脚步。悲情者也许会说这就是一个记者的宿命，汤计却说"我这辈子就是冲着'新华社记者'这五个字来的，这是我人生最崇高的理想。"

一

内蒙古的第一大城市包头，是我国重要的钢铁稀土矿床白云鄂博所在地，也是内蒙古自治区经济发展的旗舰之地。汤计到内蒙古之后，去的最多的地方是包头市，调研最深入的地方也是包头市。

二十世纪九十年代初到本世纪初的二十年里，汤计的名字在包头被街谈巷议，老百姓提起汤计就竖起大拇指，恶棍歹徒一听汤计来了就胆战心惊。包头，是汤计肩负重任、初试锋芒的地方。

1996年，领导找汤计谈话，说社里在经济报道方面比较弱，把你调到经济部做记者吧。那时候汤计对内蒙古的经济发展情况不熟，有关经济的知识也缺少储备。说实话，汤计的心情不是很好，但是汤计偏偏就是个永不服输的人。

那段时间，汤计每天跑书店，抱回来一堆吴敬琏、厉以宁、凯恩斯的书，坐在地板上半宿半宿地读，还到处打电话，请教专家，什么是有限责任公司？什么是股份制？什么是上市？甚至走在路上，看到一个好的商品广告，他也要停下来琢磨老半天。经过一段时间的恶补，汤计心里渐渐有了一点底气。他边干边学，像当初跟池老师学艺一样，深入经济建设的最前沿，去触摸中国经济腾飞的脉搏。

一旦进入工作的状态，汤计所有的郁闷都烟消云散了。

记得第一次去包头采访，坐的是公交大巴。路不好，从呼和浩特到包头，200公里路，走了四五个小时。到了包头，过了饭口时间，街上冷冷清清，找不到一个可以吃饭的饭店，甚至连一辆出租车影儿也见不到。汤计感到了内蒙古的确落后，振兴经济已迫在眉睫。

万事开头难，汤计到了包头，两眼一摸黑，谁也不熟。正巧，汤计有个姨表哥住在包头。解放前，姨表哥正在阳高县的地里干活儿，听说解放军来了，扔下锄头就跟着走了，一去没有音讯，家里人以为可能是牺牲了，再不就是让国民党抓到台湾去了。抗美援朝结束，姨表哥突然出现在家门口，把汤计的大姨惊喜得直掐自己的胳膊，不敢相信是真的。这个姨表哥是个老共产党员，一辈子保持着部队的优良传统，是汤计信得过的人。汤计找到他唠包头的事儿，姨表哥就夸王凤岐。王凤岐时任包头市市长，后来升任自治区副主席。他在包头抓就业抓得好，该安排的待业青年都安排了，使包头的社会治安、贫困家庭生活状况都得到改善。汤计一听，赶紧跑到劳动局采访，又接触了一些已经走上工作岗位的待业青年，发现姨表哥说得果然没错，于是给《瞭望》杂志写了《包头市长与待业青年》一稿。当时就业问题是社会焦点，这篇稿件一发表，立刻引起广泛关注，全国各地纷纷学习包头，也助推了包头就业工作的再进步。包头的党政领导都知道了有这么一个新华社记者，名字叫汤计。每当汤计到包头采访，都会得到市委市政府的支持。

包钢是闻名全国的大企业，行政上和包头市委市政府平级。由于是第一次到包钢采访，人不熟，汤计心里没底，就约上了刚到包头市驻站的青年记者惠晓勇。惠晓勇是汤计中国新闻学院的校友，1976年分配到新华社内蒙古分社。

在包钢党委宣传部，他们见到了当时的部长。这位部长大个子，长得精神，说话慢条斯理，架子端得够足。汤计和惠晓勇走进去，他只是微微点个头，连站起来的意思都没有。汤计主动走过去握手，隔着一个大办公桌，部长坐着握了握汤计的手指头尖，意思了一下。

冷场两分钟，部长拖着长腔："啊，新华社的，你叫汤计？"

汤计一脸真诚的笑容："我是汤计。"汤计没有在乎部长的大架子，他知道自己总会用文章告诉他，什么是一个人的尊严，什么是新华社记者的光荣。

部长依然板着个脸说："你啥意思？"

汤计心里已经不好受了，但是为了采访，他没露声色："部长，是这样，我刚调到经济部，负责经济口的报道。我不懂工厂生产经营，包钢不是自治区第一大企业吗，我们就选了包钢，走一走，学习学习。"

部长态度略显亲和："那好办，这两天让新闻科长带你们走走。"然后就不再跟汤计和惠晓勇说话了。

始建于1952年的包头钢铁集团总公司，在计划经济时期，堪称中国经济的一个顶梁柱，每一个五年计划，都是中国工业的火车头，是为国家做出重要贡献的效益大户。这个国有大型企业惯于坐而听令，不问经营只看计划。包钢的干部工人，就像是一条庞然大船上的乘客，把自己完全地交给了掌舵的船长，企业也曾经给予了他们一切，住房、医院、学校、幼儿园、下一代的就业岗位等等。然而，此时包钢这条大船茫然了，它驶进了自己全然陌生的河道，眼前是一片熙熙攘攘、应运而生的弄潮儿。小企业、私企灵活机动，夺走了包钢原有的领地，这条船遇到了市场经济的尖锐挑战，原地徘徊，不进则退，积重难返。市场需要特种钢、无缝钢管、钢轨、石油套管，他们根本不知道，还在一味追求粗钢的产量；他们的产品供大于求，却还在坐称"老大"，重复上一些科技含量低、市场不需要的生产线和设备，结果棋越下越死，变成了一个瘦死的骆驼，终于没钱给职工开支了。具有多年光荣传统的包钢职工，虽然仍然坚持生产，却是人心惶惶，怨声载道，改革已是迫在眉睫。上上下下都看破了这层窗户纸，只是没有一个人去捅这层薄薄的窗户纸。

汤计来得正是时候。

庞大的包钢，下有几十家二级单位，汤计和惠晓勇反复研究，圈点了其中十二家，开始了细致深入的采访。

二级单位的领导职工们看似积极配合，实际上都有闪烁其词之嫌。因为这个具有光荣历史的群体，太珍惜以往的一切了，他们不愿意承认现存的危机，他们习惯了只问计划不管经营，始终觉得自己是国家的人，国家就像母亲，不会不哺育自己的孩子，所以对企业的境遇完全束手无策。汤计已经有了经验，每到一处，他都是先从五十年代启动话题，他知道，职工们喜欢回忆周总理给包钢剪彩的情景，愿意谈包钢的第一炉钢，改写了中国手无寸铁的历史，还有电影《草原晨曲》中那动听的插曲"我们像双翼的神马，奔驰在草原上……"情到深处，包钢的男女老少无不神采奕奕，意犹未尽。

于是，汤计在恰到好处的时候提问，他的问题往往自然而然地把历史与现实间的那根线索越拉越紧。谈着谈着，忧虑出现了，矛盾暴露了，窘境已经不可遮掩了。工人干部七嘴八舌，包钢往何处去这一课题，被大家摆在了自己面前。历时一个星期，他们采访了十一家生产、运输、销售、服务二级单位，问题已经十分清晰了。于是，他们留在招待所里，开始研究素材，整理思路，两篇专题调查报告的初稿，很快形成。上篇《包钢缘何陷入困境》，下篇《包钢的出路在哪里》。但是他们不露声色，继续拓展采访。到了这种时候，他们的采访主题已经在包钢上上下下公开了，他们提出的问题也显出了针对性。包钢领导层似乎有所察觉，陪同他们的宣传科长悄悄地告诉惠晓勇，自己刚刚被那位大架子的部长骂了一顿，要撤了他，说他太笨，让记者兜了底儿。

大架子的宣传部长再没有出面，他们找了一个更善于和记者打交道的人——韩副总经理出面，约汤计和惠晓勇谈话。汤计心里说，好啊，咱这儿正求之不得呢，验证一下自己抓的问题准不准的机会来了。

韩副总预定11点谈话，谈到12点，开始吃饭喝酒。在他的经验里，记者就那么回事，吃吃喝喝，送一点纪念品，说一些套近感情的话，就会拿上材料，写个表扬稿走人。没想到和汤计这一谈，竟然谈到了12点30分。二人一个捂盖子，一个揭老底；一个保面子，一个打破砂锅问到底，最后韩副总被问得满头冒冷汗，汤计开诚布公，直言相劝，他说："我们本是来学习的，既然企业遇到发展瓶颈，我们愿意为企业出点力，出点主意。大家的目的应该是一致的。"

韩副总说："我们这么大的企业，中央挂号，什么问题解决不了？"言外之意，用不着你们记者瞎掺和。

正巧工作人员来催促他们去吃饭，汤计轻轻一笑："谢谢领导了，包钢这么困难，我们不能在工人开不出工资的时候，吃企业的饭。"绵里藏针，不失时机地还击了一下。

晚饭时，包钢方面又来请，再次被汤计和惠晓勇婉言谢绝。

在包头市宾馆，汤计和惠晓勇与时任内蒙古自治区党委常委、包头市委书记胡忠一起探讨包钢的问题。胡忠意识到汤计抓住了包钢的根本问题，事关包钢这个有十几万职工的特大企业的生死存亡。他说："包钢的问题，自治区党委非常重视，自治区副主席周德海已经在这里调研了很长时间，自治区调研组的调查结果还没有出来。你们的动作走到了前头。这样吧，你们在哪里也是写，就别回去了，干脆就在包头把稿子写出来。"

汤计和惠晓勇就按着胡忠书记的安排，住在包头市宾馆，日以继夜，秉笔直书，完成了稿件写作。

胡忠书记看完他们的稿子，点头称是，当即向自治区党委汇报，建议调整包钢领导班子，按照现代企业管理模式，在包钢实施改革。并以汤计和惠晓勇的建议为基础，拿出了具体方案。

内参发出以后，朱镕基总理在很短的时间内就做出了批示。不久自治区党委重新调换了包钢领导班子。而后，自治区党委、政府召开联席会议，研究包钢改革。那一天，汤计接到时任自治区党委书记刘明祖的秘书的电话，告诉他他写的内参批了，刘书记请他过来参加会，看看有啥说的。汤计骑着旧自行车，一路走胡同，穿小巷，到了自治区党委。到现场一看，嚯，都是大领导，只有自己是个普通记者。不过刘明祖书记给了他鼓励："咱们的人这么长时间拿不出个东西来，人家新华社，就这么几天，这么两篇文章，就把核心抓住了，你们看，人家的文章连改革方案都提出来了——《怎样抓上市企业》。"

包钢开始改革，以建立集团化母子公司管理体制、现代企业制度为目标，改为包头钢铁（集团）有限责任公司，走上了不断发展、再创辉煌之路。

二

解决了包钢的问题，汤计开始研究深化改革和中小企业的出路问题，又来到包钢走访中小企业，他发现情况普遍不容乐观。其中包头第二机械制造厂的状况最为典型。

这是一家专门生产大炮的军工企业，在国家压缩军费的情况下，失去了计划订单，想转而生产民用产品，由于缺乏经验，没有对应上市场的需求。他们几经探索，好不容易在特种钢材生产方面找到了出路，马上全厂齐动员，筹集资金，开始修建特种钢炼钢炉，结果刚建了一半，资金链却断了。银行拒绝贷款，全厂发不出工资，供电局下了最后通牒，如果不马上交电费，就要断电。这个军工厂的一万多职工，五万多家属，是二十世纪五十年代响应党的号召，从全国各地来到包头的，曾经为了国防军工建设做出重要贡献，如今他们面临下岗吃不上饭的危险。汤计正在宾馆就这个问题写报道，突然有人急促敲门，汤计撂下笔，开门一看，正是第二机械制造厂的一位领导，他没开口说话，已经是满脸泪水了。

汤计赶紧让他坐下慢慢说，他不坐，一个劲儿地重复着："汤老师，我们完了、完了……"

半晌，汤计才听出缘由——"欠人家电费太多，包头供电局把我们的电闸给拉了！车间工地一片漆黑，机器吊在半空中，厂子全瘫痪了，我们完了，一万多人要是下岗，可怎么办啊……"

事情比汤计听说的还要严重。汤计握着厂长的手，想劝慰厂长，自己的眼泪却不由自主地夺眶而出。

汤计来到施工现场，看见了那些把他当做包青天，眼巴巴盼着开工资的劳动者，他说，我是新华社记者，也是一个共产党员，我不能无所作为，眼看着大家……

"为什么我的眼里常含泪水？因为我对这土地爱得深沉。"这是艾青的诗句，也是汤计的情怀。

作为一个新华社记者，可以参加党和政府的重要会议，了解时代前沿的思想方针，也可以到社会的最底层，聆听百姓的萧萧疾苦之声。他当然知道此事涉及地方和电业的经济利益，也知道背后有着难以撼动的背景关系，如果等到上级有了精神再做报道，也实不为过。然而看着那些焦虑的工人，他觉得自己没有任何理由袖手旁观，也做不到平心静气，虽然没有得到上级批准就予以报道，自己可能要承担一些风险，他还是选择了立即开始行动。

汤计放下手里的长篇调研报告，写了一篇题为《包头二机厂被停电，几万人生活无着落》的内参，向中央反映了这件事，同时也指出了这件事背后的隐患。当时分管工业的国务院副总理吴邦国严词批示，自治区党委书记刘明祖、自治区政府主席云布龙连续批示，肯定汤计这篇稿子很及时、很重要，避免了形成重大事件的隐患。自治区主管经济的副主席沈淑济到内蒙古电管局召开紧急办公会议，研究此事。还没等到汤计离开包头，包头市供电局局长就被免职，二机厂得到供电，生产逐步启动，干部职工精神为之一振。接着汤计的第二篇稿子跟上，呼吁道：老军工企业，曾为国防建设栋梁，国家一定要让这些企业在改革中跟上时代脚步，重获新生。吴邦国副总理再次批示，给包头二机厂拨发三千万扶植款，一下子解决了二机厂的根本问题，特种钢炉和配套设施建成投产，工人干部无不欢欣鼓舞。那位哭泣的厂长高兴了，有了幽默感，他说你们凭啥笑话我挤尿水水，告诉你们吧，男人该哭也得哭，我要不哭，汤记者哪能和我一起哭……后来他专门请汤计和惠晓勇一聚，人逢喜事，酒逢知己，他开怀畅饮，也不停给汤计敬酒。酒过三巡，汤计连连推却，幽默地说，出门时媳妇教导了——"赏花半开时，喝酒微醉后"，实在不能喝了，开始以茶代酒。可是厂长说了一句话，就把汤计弄激动了。你猜他怎么说？他说："哎呀，汤老师，以前呢，总觉得你们记者，就是用支笔，要要花腔，闹了半天，你们的笔是孙悟空的金箍棒，好使得很呢！你看你这是把多少人家从愁苦中拯救了呀！"于是汤计一下子把爱芳的谆谆教导全都抛到九霄云外，喝得远超过微醉，简直是偏高了。

就这样，汤计完全进入角色，从包头的电子原件厂到呼和浩特的电视机厂、电子管厂，到呼市的集宁通辽线铁路，一路采访下来，连续写了《退一步海阔天空》《做不了鸡头做凤尾》《企业化——国铁改革的必由之路》等文章，讲股份制改造，讲如何让工人做股东，让民营股份进入，让国有资本退出；探讨打破地区垄断，强强联手，强弱兼并，引领市场经济的新思维，为内蒙古自治区当时正在进行的经济改革推波助澜，发挥了不可低估的作用。

1998年1月2日，内蒙古自治区党委宣传部在内蒙古日报社召开了"汤计新闻调查研讨会"，针对汤计有关包钢等四篇经济新闻调查报告研讨。自治区党委副书记乌云其木格在会上高度评价汤计的工作，她说："为一个记者召开研讨会，这是自治区的第一次。"

汤计已经从外行变成了内行，在经济报道业内声名鹊起。汤计已经做好了当一个经济新闻专家的思想准备，谁知突然出现的一件事影响了他的计划。

社里一个年轻记者在土默特右旗采访，被采访对象这样跟他讲："内蒙古自治区上报中央的经济社会发展统计数字是虚假的，全区各地百分之九十上报的都是虚假数字。"记者就根据这些话给北京写了一个内参，国务院主要负责同志非常生气，做了批示，要求彻查。内蒙古自治区党委和政府调查了情况之后，就和新华社沟通，他们说，一个旗（县）的官员，凭什么说全区的统计数字都是假的，记者岂能根据这种未经核实的消息写内参，全盘否定一个自治区的统计数字。当时分社个别领导和一些专业人员，没有认真反思自己的过错，进行自我批评，反而向自治区推诿，文过饰非。汤计止不住拍案而起，发言提醒大家进行自我批评，他说你们别批评人家自治区，批评自治区我们还坐着开什么会？此后总社调整了内蒙古分社的领导班子，汤计被提拔为政文部主任，一做就是将近二十三年。此间，汤计的一些老同学、老同事都被提拔升职不做具体业务了，只有汤计一人还坚持在一线采访写稿，他说能用笔为老百姓做事，为内蒙古的进步和发展服务，我乐此不疲。

"我很幸福。"这是新华社记者汤计经常说的一句话。

七、这个世界上还有能管他们的人

重回政文部，汤计的采访，又是从包头开始的。岁月经年，包头干部群众记住了他，他更难以忘记自己在包头经历的风风雨雨。

悦悦年纪二十出头，中专毕业，在包头市林业局苗圃工作。她健康活泼，美丽天真，是一个可爱的姑娘。悦悦谈了个对象，年龄和她相当。悦悦跟社会那些朝三暮四的女孩子不一样，她是为结婚而恋爱的，因此对自己已经开始谈婚论嫁的男朋友一心一意，没有任何戒备。有一天，他们两个人到市内昆都仑区逛街，遇上发行福利彩券。

悦悦说："咱俩抓一张吧。"

男朋友说："抓甚抓，多少人都抓不上，咱们就能抓上？"

悦悦说："就当玩，抓上了就是咱俩的。"

男朋友说："我没带钱。"

悦悦说："我带了。"

结果，还真就抓上了，交了税，还剩三十八万。悦悦挺高兴，就把钱存在了男朋友的卡上。

不久，男孩子家父母嫌悦悦是村里人，不如他们家富裕体面层次高。男孩子于是提出分手，悦悦接受了这个事实。她拿着那张卡，取走了彩票奖金中的一半。这原是抓彩票时两人商量好的，本无可非议。但是男孩子的家长不干，到公安局报了案，说是悦悦偷窃了他们儿子的钱。包头市昆区公安局法制科认为这是民事纠纷，不予立案，告诉他们到法院解决。

这个男孩子有点社会关系，于是托人找到当时昆区政法委的一个副书记，这个副书记找到了公安局，公安局又委托了刑警二队指导员解某某处理这件事。这个解某某，是一个没有法律意识满身匪气的警察，在他的眼里权力大于一切，一向在辖区宣称自己是"上管天，下管地，中间管空气，想怎么管就怎么管"。他一听说是领导的事儿，觉得是一个向上巴结的机会，立刻为所欲为起来！悦悦真是不幸，她所遇到的人，除了昆区公安局法制科的办事人员之外，没有一个依法办事的，全都是《红楼梦》里所说的那种"油蒙了心"的货色。

邪恶之花在没有约束的权力运作中盛开得无比疯狂。

晚上，母亲在里屋吃饭，悦悦坐在堂屋里看电视。门外开来一辆面包车，车上下来六个彪形大汉，其中有两个警察，三个协警，加上解某某本人，全都穿着便衣。他们突然闯进悦悦家，对一个二十二岁的小姑娘，使用了对付暴徒的手段。不等悦悦说话，他们一把抓住悦悦的头发，拎着瘦小的悦悦"咔"一声按在地面上，然后反拧着悦悦的胳膊，一动不让动。母亲惊呆了，以为来了盗贼，就拼着命跑出去喊："乡亲们救命啊，黑道儿的来了！"

这是一个大村子，住着二百多户村民，大家闻声都跑了过来，把悦悦家围住了。村治保主任招呼着村里的青壮年，一起上手解救了悦悦，把解某某等六人控制住，不让他们离开。

解某某声色俱厉："我们是警察，你们不要干预我们执法，再动我把你们都铐了。"

村治保主任说："执法你抓人家小姑娘干啥？是警察，你就出示证件嘛。"

解某某心虚理亏，不敢拿出证件，群众便不放他们走，一直僵持到夜半，他们才拿出两个证件，其余四人都没有证件。这下子村委会不干了，家长也不干了，人围得越来越多，大约有二百余人。解某某骑虎难下，只好给局里打了电话。昆区公安局分管副局长和刑警大队队长只得来解救解某某，给群众反复解释，说这是私自办案，没有手续，是不对的。一直到早上六点来钟，他们才撤出去。

解某某回去之后，毫发无损，一切如常。公安局方面没有处理此事的举动，试图让时间将风波慢慢消弭。深受其害的小女孩悦悦，自那个夜晚受惊吓之后，成了一个严重的精神分裂症患者，完全丧失了正常的生活能力。

为了给悦悦治病，家里已经倾家荡产。悦悦的母亲叫天天不灵，叫地地不应，最后走上了上访之路。在包头，她不是被拒之门外，就是被推诿敷衍，后来她找到内蒙古人大常委会。人大常委会的工作人员指点她，说你到隔壁新华社，找一个叫汤计的记者，他一定能帮助你。

一个四十二三的妇女，瘦骨嶙峋，满脸忧愁，像个病入膏肓的老太太。见到汤计，一说话就大汗淋漓，却没有一滴眼泪，她的泪腺已经枯竭，力气已经耗尽，全靠母性本能支撑着活命。汤计问完案情，立即向社里请示，第二天就带着摄影记者王文彪、文字记者刘军到了包头。

坐在汤计和他助手面前的是一个目光僵滞，披头散发，衣着褴褛，一言不发的女子。悦悦的病情已经不可逆转，能去的医院都去了，心理专家也看了几位，没有人能给悦悦母亲一点希望。见到来人，悦悦的眼神冰一样沉寂着，她光着脚，浑身都是吃饭留下的印渍。

掌握了情况，汤计一行马不停蹄，又去包头市公安局和包头市昆区公安局查询了案情。第一手资料到手，悦悦母亲的上访材料完全属实。

包头人可是知道汤计何许人也，也知道他手中的笔有多么厉害。说情者果然出现了，当时包头公安局的一个官员找到汤计，说老汤咱们能不能不报了，这事一出去可就大了。

汤计说，我要是不报，谁来处理恶棍？那可怜的孩子谁来管？再说，这样的人不处理，整天穿着警服来来去去，让老百姓怎么看我们警察？

汤计铁面无私地发出了内参，并附上现场照片。最高人民检察院检察长贾春旺很快签批，指令查办。于是包头市检察院开始查解某某，公安局方面则继续找人求情，这样过了三个月，解某某以为没事儿了，开始请客，喝得云三雾四。有人找到汤计说："汤老师，人家说没事儿了，看来中国是治不了他了。"

汤计怒从胆边生，说："他要是没事儿，我就坚持写下去，直到他得到应有惩治。"

最终，解某某第一天请客，第二天没事儿，第三天就被检察院带走了，受到了法律的惩罚。悦悦得到了相应的法律赔偿，但是她的精神分裂症永远不能痊愈了，一个花季少女再没有美好的明天了。

当时包头市公安局的个别人很狂，觉得自己就是法，就是天，通过解某某一案，明白了，执法者必须严格遵守法律，否则，法律的利剑就会劈到自己的头上。这个世界上还有能管他们的人，能管他们的人手里没有枪，没有钱，但是有一支笔。

八、不惩治邪恶就是伤害正义

当年跟着池茂花老师采访，汤计懂得了一个道理，那就是新闻视角的深度广度，与一个新闻记者与人交往的深度和广度有关。汤计反复阅读过琢磨过曹雪芹在《红楼梦》中的醒世恒言，他觉得"世事洞明皆学问，人情练达即文章"，虽然挂到了秦可卿的房里，有点不是地方，但是可谓学问渊邃。世事洞明，这是一个记者要做的学问。时代和社会云谲波诡，没有永恒的矛，也没有永恒的盾，变，才是规律，才是不可抗拒的。一个优秀的新华社记者，作为党的喉舌，要有足够的政治理论修养，还要具备一定的人文历史法律修养，才能最快读懂我们党理政治国的宏图大略，才能练就"横看成岭侧成峰"、由表及里、去伪存真的政治眼力，才能根据社会上出现的新闻苗头，把握时代的脉动。何谓"人情练达"？汤计之所以到处有朋友，四海之内皆兄弟，关键在于他的善解人意。待人，他总是先设身处地，理解对方的苦乐欲求，发现对方的内心世界。知道这些，也就知道了该怎样去做。人们评价汤计，说虽然人家是个大记者，但是一点儿不牛，见到一个卖菜的小贩子也能找到共同语言；说汤计不管遇到了多大的领导，都能侃侃而谈，毫不掩饰地提出建议和批评；说汤计哪怕是面对一个囚犯，也能促膝谈心。其实，汤计凭的不仅是阅人无数的经验，还有读人千遍的智慧。汤计说文学是人学，新闻学何尝能离开人？人是新闻的主体，也是新闻的载体，更是新闻最终服务的客体。

一个看清了时代，懂得了人的记者，没有什么可以难倒他。

一个检察官朋友静静地坐在汤计面前，不说话，气得满脸通红，眼睛里满含泪水。汤计知道他是一个正派认真的好人，这个样子一定是心有难事。汤计递过去一支烟："老弟，有啥顾虑？说！你一个检察官办不成的事，再加上一个新华社记者就好办多了嘛……"

检察官朋友顿时放声大哭，汤计便什么也不问了，安静地等他情绪恢复过来。

这个检察官的精神已经接近崩溃。他说："汤兄啊，你说这还是共产党的天下不？包头市公安局××分局的中队长李建华，竟敢私设公堂，刑讯逼供，勒索金钱，已经好几年了，可是上上下下装糊涂……现在检察院又接到举报，也因涉及太多公安内部人，犹豫不决，你说……"

包头东河区的一套普普通通的居民楼，被李建华改成了阴森恐怖的渣滓洞。他抓人，不是抓罪犯，而是专门抓那些可以敲诈到钱财的人。有吸毒史的，和吸毒者接触过的，小偷小摸的，打架斗殴的，打麻将赌钱的，有卖淫嫖娼之嫌的，和一些案子有点牵连的，甚至正常恋爱有点越格举动的等等，只要可以找到屈打成招的理由，他就抓来刑讯逼供，最终目的是以罚款的名义勒索钱。他的刑讯手段，怪异歹毒，令人发指。一般抓到人，他二话不说先吊起来，离地一尺，和电影里演的一样，吊到那人哀声求饶，胡编了所谓罪行口供，然后才将人放下来，让他给家里打电话要钱，钱到手，放人，但是并不算完，你就这样成了有前科的人，他随时再祸害你。如果不服，刑讯不断升级。

李建华的刑讯工具世上找都找不到，是专门人工打制的。有斜铐脚镣，就是一边大铐，一边小铐，用一根钢筋连着，大铐铐大腿，小铐铐小腿，一旦被这种铐铐上，人一动不能动，一动紧箍咒更紧，痛如车裂。有120伏电压的老式手摇电话机，他们接上线，插入人的嘴里，也常常缠在男人的生殖器上，或者女人的乳头上，然后开始摇电话，120伏电压打不死人，但是会让人疼得死去活来；刑讯室的一包包大头针，是用来往人手指甲下扎的，他们手中的警棍，外面是胶皮的，打人没有表面的硬伤，都是内伤……

他勒索到的钱财当时已经达到几十万，其中一半以上，都用于行贿，给过他上司，所以他有恃无恐，无法无天，不管有多少举报，丝毫未见收敛。

汤计听完检察官朋友诉说后，气得拍案而起。

汤计立刻找到了当时的包头市检察院检察长了解这个问题。这位检察长叫龚占勇，是汤计多年的好友。汤计每次到包头采访，龚占勇都会给汤计弄点农家菜，哥俩儿小酌几杯，唠唠对世事的看法，谈谈工作中的感悟，可谓推心置腹。龚占勇这次见到汤计，果然谈到了街道居民对李建华的举报，也说起由于顾及种种原因，他们正举棋而思。

汤计说："是可忍，孰不可忍！干吧，一鼓作气，再而衰，三而竭，搁置的时间越长，影响办案的因素就会越多。你抓，我写，不然我们就是失职，就是对社会公正的伤害！"

汤计根据调查结果，连夜写出了内参《恶棍警察李建华》，贾春旺最高检察长看了十分气愤，批示严惩；当时的公安部部长觉得李建华丢尽了公安队伍的脸，也批示严惩。最后，李建华获刑十七年，包头市公安局××分局受贿、刑讯枉法窝案被端，其相关责任人都得到了相应的法律惩罚或纪律处分。包头市的社会环境面貌一新。

汤计在包头公检法系统的调研和采访并未停止。他说，既惩恶又扬善，社会才能进步，世道才能光明。包头市公安局昆山区分局，有个年轻的副局长，姓夏，分管刑侦，一向刚直不阿，清正廉洁，是一个好公安。有一天，他开车从包头当时最大的一家洗浴城门口路过，发现灯红酒绿之间传出不正常的喧嚣。虽然不当班，但是素有责任心的夏副局长，还是停下车，走进洗浴城查看。原来是洗浴城养的黑道打手在恐吓顾客。夏副局长赶紧严词制止，没想到黑打手根本不把警察放在眼里。夏副局长越制止，他们越猖狂，最后，竟然动手殴打穿着警服的夏副局长。搏斗之间，夏副局长用胳膊挡黑道打手棍棒的时候，胳膊被打骨折，他的脸上和头上多处被击伤出血。最令人气愤的是，由于黑道的运作，夏副局长成了一些人口中的恶霸，说他拿枪吓唬人，仗势欺人等等。

汤计认识夏副局长，一听这件事，觉得事情蹊跷，以他对夏副局长的了解，传说应该与事实不符，他觉得有必要到医院看望一下夏副局长，就这件事进行采访调查。一进屋，汤计几乎都认不出夏副局长了，他头部包着纱布，胳膊绑着石膏，穿着病号服，脸上还有血痕，那样子惨不忍睹。

为了缓解气氛，汤计不无幽默地说："小夏啊，好点了吗？你这是英勇献身啊……"

夏副局长，一个七尺男儿，握着汤计的手呜呜哭。不过他到底是一条好汉，擦干了眼泪，忍着疼痛，发出了怒不可遏的誓言："汤哥，这可恨的黑社会要是治不了，我警服不穿了，我他妈的全枪毙了他们！"

汤计迅速调查了事情的真相，写出了内参稿件。中央领导和国家文化部部长很快做了批示，包头的黑社会，包括那家洗浴城的幕后指使人通通被惩治。夏副局长恢复了应有的形象，得到有关方面和社会的好评，不久升任包头一个公安分局的局长。

汤计到包头，在司法系统连出三拳，拳拳打在司法界的乱象要害上。此后，汤计每到包头采访，总有一些人提心吊胆，说这老祖宗又治人来了，不一定谁又要撞枪口啊。汤计哈哈大笑："你要不犯法，怕我干啥？不是我治你，是党纪国法在治你。"

九、做记者就像驾驭巨浪中的一条船

[**作者随笔**] 采访中汤计讲着讲着，突然停下来，特意对我说："我没有见到过我舅舅，我出生时他已经牺牲七年了，你可别强把我和舅舅连在一起，把我写成个红二代什么的啊。"

我想，这应该也是一个新华社记者的职业习惯使然，他多半生都在采访别人，并且要在高端平台上传播，呈现他的所见所闻及其洞见，为上级决策提供参考，肩负重大的责任，他必须一丝不苟，来不得半点粗枝大叶，不允许任何文过饰非。他的文章的最终立足点，就是"实事求是"四个字。失实，无论由于什么原因，在他看来就是一个记者的耻辱。他担心我为了寻找某种高大上的意义，牵强附会，过度演绎他与舅舅之间的关系。其实汤计的提示，有点多虑，非虚构文学，魅力来自细节的真实和感情的真实，为了使自己的作品经得住时间的考验，作家也和记者一样，一定要忠于事实，我岂敢越雷池半步。

果然，看似无意之间，他话锋一转，给我讲了他两次采访"万里大造林"事件的经历。他说这是他职业生涯的一个瑕疵，也是他多次示人的教训。无论是讲课，还是写博客，或者日常带研究生采访，他往往自揭伤疤，提起这件事。他说，新闻的终极目的就是推进社会进步发展，不是追求传播效应、轰动效应的最大化。所以记者要秉持端正的心态，不得蜻蜓点水，不得走马观花，要走进第一现场，掌握第一手资料，拿到确凿的事实依据。否则，一失足成千古恨，一点微小的偏颇或者失实都有可能启动虚假的多米诺骨牌，结果不仅可能偏离新闻真相，还有可能助纣为虐。他认为，当记者就像驾驭着巨浪中的一条船，掌舵比打鱼更重要。

关于"万里大造林"案件，他曾经到"万里大造林"公司所在地，内蒙古东北部的通辽市采访了两次，而这两次采访的结论是完全相反的。第一次基本肯定，第二次是披露真相，层层剖析，戳穿骗局。

问题来了——既然从肯定到否定，都是汤计一人所为，那么第二次采访，必须开始于自我否决。只有反思并修改自己的失误，才能获得真实的见地，才能发出令人信服的声音。作为一个功成名就的老记者，肯定有点丢面事情是这样的。2006 年，汤计接受社里的指派，带领一名助手到通辽市就一个突发事件做采访。期间，遇到一个老熟人，原内蒙武警总队宣传处的处长。此人当时已经退伍，加入了刚成立不久的"万里大造林"公司，担任办公室主任，正在摇旗呐喊招揽投资者，其实就是在卖撂荒状态的土地。汤计为人热情，见到老熟人，想起曾经多年的工作关系，便觉得十分亲切。

这位处长当然知道新华社记者汤计的分量，巴不得套套近乎，企望汤计为他们做点什么，以求事半功倍。于是鼓噪三寸不烂之舌，找来陈相贵出场，又调动各种关系，请来了一些通辽市当地官员出面陪同。席间，陈相贵把"万里大造林"的电视广告倒背如流，众人逢迎助推，仿佛他们的"大造林"已然满目青山、前程似锦。

"万里大造林"其实是盗用国家生态建设政策的缝隙操作起来的一个骗局。简单地说，就是陈相贵等人在科尔沁的库布其租赁一些沙荒地，然后种植 10 万亩速生杨树，保持良好长势形象，以此作为样板，大肆宣传八年之后每亩将产出木材 10 到 15 立方米，投资者可以任意采伐获利。随即开始以每亩 2660 元价格"转让林地"，实质就是卖给投资人一片纸上的杨树林。这件事的始作俑者陈相贵，不仅请来一位小品作者和一位喜剧明星做广告，还通过这位喜剧明星与娱乐圈某大鳄联系上，在电视剧《刘老根》《雁鸣湖畔》出演农村党支书角色，给自己打上正面人物的光环，以哗众取宠。果然一时间轰动大江南北，骗得投资者鱼贯而来，数月之内，竟然集资 13 亿元之多，致使 3 万余人上当。他的传销金字塔人员，层层升级分红，大发其财，却并未兑现给投资者的承诺。

汤计说，别看我农村家庭出身，由于出来得早，栽树种地的事情一点儿不懂。我和大部分非专业人士一样，对杨树的了解停留在直觉概念中，认为国家三北防护林种植的是杨树，杨树自然就是那种最适应北方的树种。一听那位处长宣传，杨树成材的时间很快，是从五年始，至八年、十二年，杨树林可防风防沙，绿化荒野，杨木可做胶合板、刨花板、筷子等等，十分惊喜。

汤计的职业生涯中，有一个人，一直是他的楷模，那就是新华社的一位老社长，我国著名新闻大家穆青。汤计在新闻学院读书时就听过穆青讲课。他记得非常清楚，老社长在创作长篇报告文学《人民的好书记焦裕禄》时，一次次深入基层，和公社干部核对焦裕禄当时说过的原话，看焦裕禄亲手种植的泡桐树，品尝兰考农民的糠馍……这一次采访，汤计也和每次一样，并没有轻信采访对象的言辞，他和助手到了位于通辽市的干旱草原，看了样板林，的确感到眼前一亮。在绿草覆盖的原野上，一排排小白杨生机盎然，虽然谈不上粗壮高大，但是预示着一种可喜的前景。打动汤计的是林间的湿润与绿色，他的眼前出现了毛乌素沙漠，奈曼、敖汉的沙尘暴，挣扎在沙丘上的歪脖子榆树，也出现了呼伦贝尔大兴安岭群山连绵、绿叶葱郁的景象……他想绿色来了，水必然回来，旷日持久的沙尘暴必然退却。经过一天半的采访，他和助手小王一起撰写了一篇题为《合作造林机遇与风险并存，投资者要保护自身利益》的消息，发表在 2006 年 3 月的《经济参考报》上。这篇文章开门见山，将自己对"合作造林"的肯定与担忧公布于世："一些民营企业采用'合作托管'市场化造林模式，既能让投资者、经营者和土地出租者受益，又能让国家获得生态效益，对于推动我国林业发展和生态建设具有贡献意义，但这种新模式存在一些风险……"文中按照当地政府官员的口径介绍了"万里大造林"公司的运作模式，也明确地提醒投资者——"但资金使用缺乏全程监管，公司向散户出售林木的方式有可能发展为乱集资，甚至可能出现炒林地、卷款逃跑等现象"。

2008年7月30日，离内蒙古打击非法集资行动完成、陈相贵等银铛入狱已经数年，汤计在自己的博客里转发了这篇有瑕疵和错误的文章，给新闻界看，给尚未清醒的万里大造林传销者看。

他非常坦诚地说："2005年采访万里大造林是我一生中最痛心的事！我可以负责任地说，错在调查研究不深入，专业知识不够，不懂杨树根本不可能产生那么高的经济价值，简单听信所谓朋友的介绍。事实证明，骗你的人往往是所谓朋友。"

这期间，被采访对象曾经多次提出，要无偿送汤计和同事10亩林地做为回报。年轻的同事有点动心，他说："送，就不用了，我们每人买上10亩，一是参加了生态建设，二是八年之后咱也可以得到回报。"而汤计非常理性，当即拒绝了对方送地的企图。

在万里大造林公司被查处之后，汤计再次受命做重点采访，他再接令牌，深入现场，调查采访整个案情，一连写出《万里大造林，还是万里大坑人》《侥幸心理让某小品作家一错再错》《内蒙古警方已令某小品作家限期退款》《查查万里大造林的光环制造者》等通讯报道，用文字的利剑，戳穿"万里大造林"骗局，督促有关部门为受骗者追讨合法利益。面对网上滚滚来袭的责骂，面对大造林残余团伙在新华社内蒙古分社的围攻，面对他们"出一百万要汤计人头"的叫嚣，汤计在博客里这样回答："我既然想做一个好人，就不能眼看着群众受骗！的确，作为记者，我发出《万里大造林还是大坑人》就算完成任务了，你们爱到哪儿告就到哪儿去告，无损我一根毛发！三万客户乐意继续被人骗，乐意把自己的血汗钱捐出来让他们祸害，那就捐去罢，与我汤计何干？可是，这种事不关己高高挂起的做法，与一个有良心的人的道德准则是不是相去甚远？如果我是一个这样的自私鬼，这些年我怎么能写出那么多揭露时弊、惩治邪恶、帮助蒙冤群众昭雪的好新闻？我博客里的很多作品，是我冒着政治风险甚至是生命危险换来的。而这些公开发表的作品仅仅是我众多新闻作品的一部分，还有相当多的新闻作品是不能公开的。身正不怕影子斜，如果我当时收了被采访单位钱财，这次必然毁了一世清名，必然败北在这堆烂人面前。"

在呼格吉勒图案重审昭雪之后，汤计受到广泛关注，受到表彰和奖励。新华社内蒙古分社社长李东华说："我们敢于推汤计为英模，就因为他屁股底下干净！"

十、他们在你的目光下灿然陨落

[**作者随笔**] 三十岁到六十岁，是人生的繁盛之季，青涩消失，鲜花灿烂，铅华褪尽，如酒甘醇，如火纯青，都在这个年龄之间。新华社记者这个岗位，给了汤计一个俯瞰时空的视野，也给了他一双洞若观火的眼睛。他就像苍鹰，高高地盘旋在草原的上空，他的目光，可以透过风足云影，把握瞬息万变的气象，而当这只鹰栖落在大地的林木草丛之间的时候，他的眼睛就转化为定焦微距，紧盯事实真相的毫发纤尘，无情地客观，无情地真实。

交谈之中，汤计跟我说，这三十多年，正值中国经济大潮跌宕纷纭，社会生活暗流涌动，自己亲历的新闻事件五花八门，看过的人物三六九等。其间最耐人寻味的，最令人匪夷所思的,不是纸醉金迷的大款,也不是大红大紫的明星,而是那些也曾飞黄腾达,也曾不可一世,终是在劫难逃,到底身败名裂的犯罪官员。

汤计第一个说起的是徐国元。此人原为赤峰市市委副书记、市长,现在是因受贿和渎职被判处死缓的服刑罪犯。徐国元生于呼伦贝尔,从他进入仕途之后的履历来看,可谓连连破格提拔,一路飙升。1986年8月至1995年6月,仅用八年零十个月的时间,平均每二十个月跳一级,完成五级跳,从科员升任副厅级市委委员、市委组织部部长一职,四年零九个月后,到了2000年3月,他升任正厅级,任赤峰市市委副书记、市长。

徐国元到底有何过人之处呢?那个年代看重学历,可是徐国元的最高学历不过是中央党校函授经济管理专业毕业,还是在他做官以后弄来的,所谓弄来,读者自然懂得,于此不必多说。那个时代使用干部,常常用一句"懂经济,会管理"的套词,在这方面徐有什么超人的雄才大略吗?他在呼伦贝尔历任的岗位平均只有二十个月时间,实在难以佐证。徐国元超常规升迁其中原由,本人没有调查研究,无法评说。

因为都是呼伦贝尔盟盟直机关干部,我也认识这位组织部部长,但是以我素来的劣根性使然,只是远远看着他喷薄而起,看着他如日中天,不过相逢开口笑,过后不思量而已。记得有一天,见我们单位的领导、作家乌热尔图先生面生愠色,一问,原因来自这位徐部长。他以居高临下的态度对待文人，要把一个跟文学风马牛不相及的技工学校毕业生安排在文联工作，被乌热尔图毫不客气地拒绝了。后来同事们悄悄议论，这件事大概是徐部长在官本位的环境里，万万想不到的遭遇。

徐国元做呼伦贝尔盟盟委组织部长的时候，汤计正好在新华社内蒙分社的东部记者站当站长。他这样表述自己对徐国元的直觉印象："因为时常列席呼伦贝尔盟盟委会，也就认识了这位徐部长，听说他讲义气、胆大。徐国元给我的直观印象不好，一是每每感觉其身上透出邪气，二是从来没有见其笔直端坐，总是斜着身子翘着二郎腿，没个坐相。东北人大都能说会道，而他可能是读书不多的原因，很少侃侃而谈。我的一位老友很早就说，'这个徐某某，小子会玩钱'。"正是这个头重脚轻根底浅的徐国元，爆出惊人巨贪丑闻，毁了卿卿自家人生，脏了共产党员英名。

2005 年 4 月，徐国元由赤峰市代市长转为市长不过十几天，赤峰市松山区三座店水库就发生了警民对峙的群体事件。赤峰市松山区就是原来的赤峰县，有一条名字华丽的河流——英金河，在境内弯弯曲曲流过，河两岸是河谷平川，平川与远处的丘陵山地相连，农耕经济是这里的第一产业。这里有耕地、水浇地、草场、林地一千余万亩，是一片美丽富饶的土地。修建三座店水库，拦截贮存英金河水，改变河水的自然形态，是徐国元主政时的作为，有人反映就是为了向上要项目，要钱，自己搂钱。据松山区网站介绍，三座店水利枢纽工程距赤峰城区 35 公里，总库容 3.052 亿立方米，正常蓄水位 724 米。三座店村位于水库设计的淹没区，施工方要求全村整体搬迁。由于水库施工补偿本来就偏低，赤峰市又按照 1992 年的标准执行，加上当时安置点的标准房还没有盖，这就等于让祖祖辈辈在三座店村生存的农民，突然间抛家舍业，流离失所，衣食无着。农民当然不搬，并且阻止施工，赤峰市就动用了公检法和特警队、防暴队来制服村民。于是，在水库工地，村民和官方武装互相对峙，谁也不肯后退。村民拿着农具棍棒，警察全副武装，又有橡皮子弹、催泪瓦斯和警棍，结果村民大败。

一天，新华社内蒙分社社长正在办公室值班，门突然被推开，一个浑身伤痕的男子"扑通"一声就跪在了他的脚下。这位社长赶紧起身将他扶起："别急，有事坐下说。"这个男子是从三座店逃出来的村民，三座店的四十七个青壮年已被拘留，仅剩几个没抓住的也不敢回村了，他是农村中一个有点文化的村民，在被抓途中寻机逃出，扒火车来到呼和浩特，直接来到了新华社。

新华社内蒙古分社社长听完他的陈述，看着他身上橡皮子弹的弹痕，心情非常沉重。他安置好了上访者，马上召集会议，自己直接抓这件事，派汤计带队，带两个记者，立即前往事发地点调查采访。雷厉风行是新华社的一个好传统。

汤计带着两个记者，一路奔波九个多小时，来到赤峰。徐国元没有出面，赤峰市政法委的一位副书记以及几个相关单位的负责人，先入为主，按他们的立场观点，开始介绍情况。那位政法委副书记十分能说，张口一个"刁民"，闭口一个"刁民"地辱骂群众，开始汤计还耐着性子听，越听越烦，便打断了他的话，说："不听你的了，我们明天要去现场调查，请你们赶紧安排。"这时候一位宣传部的同志悄悄告诉汤计，这个能说会道的政法委副书记正是那天打人抓人的总指挥。

汤计一听明白了，便故意将了这个政法委副书记一军："你情况这么熟，明天陪我们到三座店村里采访去吧。"

政法委副书记一拍胸脯："没问题，明天一定去。"

那位宣传部的同志在一旁憋不住地笑。

第二天，这个政法委副书记影儿都没了。说是病了，看病去了。汤计说这病来得快了点吧？宣传部那位同志说，我就知道他不敢去，他没有见村民的胆儿了。

三座店村前面是农田，后面靠着山。汤计一行是坐着警车去的。老百姓远远看见警车，吓得如惊弓之鸟，互相喊着叫着——警察又来抓人了！扶老携幼，连滚带爬地往山上逃。汤计连忙下车，大喊："乡亲们，我们是新华社的，不要跑，你们村里有人向我们反映了情况，我们是来调查的。"

正好那个到呼和浩特上访的男子已经回到了家，他也站出来给大家喊话，村民们才停住脚步。老百姓太可怜了，白发苍苍的老人，带着血痂的少年，抱着孩子的妇女跪下一大片，喊着"毛主席万岁！共产党万岁！"抱着汤计的胳膊大哭，求新华社为他们争个道理。

有一个七十多岁的老太太，也顾不上面子难看了，解开衣服让汤计看胸腹部的青紫；特别让汤计一行受不了的是，人群中有一个八十多岁的抗美援朝老兵，也曾挨打被抓。汤计让村民们还原了当时的场景——原来是村民们为了保自己的村子，在村前死守土地不动，他们觉得警察不敢打人，就把妇女老人排在前面，青壮年排在最后。没想到人家照打不误，下手肆无忌惮，可把老百姓打惨了，还抓走了村子里的全部青壮年。

那位老志愿军说："我抗美援朝没被美国鬼子打死，这回差点被这帮小崽子削死……"

如果不是那位上访的男子机灵有见识，知道去找新华社，事情还不知道将如何发展，起码那些被抓的村民中，有人可能被当做刑事犯获刑。

汤计管不住自己的眼泪了。他一一扶起跪着的村民，连连说，对不起大家，我们来晚了。

村民们说，眼看成熟的庄稼该收了，我们的壮劳力还在监狱里，要是一场雨下来，这一年的收成就完了。

汤计说，大家放心回家吧。你们的要求合理，我们一定要帮助你们。

汤计回到住处，已经是晚上八九点了，为了赶紧为村民解脱痛苦，他当即给中央写了内参，连夜发往北京总社。然后向赤峰方面直言："一、马上放人，让他们回家秋收，也让他们家中的亲人放心；二、农民的要求合理。到了 2005 年还在执行 1992 年的补偿条例，数额差得太悬殊，在修改条例之前，应由当地财政拿钱补助村民，保证他们正常搬家、搬家之后正常生活，继续生产。"

汤计为村民们焦心，对徐国元等人的做法充满气愤，如鲠在喉，有话要说："共产党不抓无罪之人。在战争年代，是这些穷苦的老百姓，献出小米，抬着担架，跟我们上战场，跟着我们解放了全中国，不就是因为我们爱老百姓吗？如果不是为了全中国的老百姓都过上幸福生活，我们要这个政权干什么？现在，你们这样对待老百姓，让老百姓怎么看我们党？"

然而，事端的始作俑者市长徐国元虽然当时就在赤峰，却隐于幕后，一直没有露面。于是汤计和两位同事商量——人不放，钱不到位，咱们不离开赤峰。

受徐国元委派，时任松山区区长的王玉良出面接待汤计一行，这个人正在谋求更高职位，唯徐国元马首是瞻，不惜摧眉折腰，言谈之中一个劲儿给徐国元涂脂抹粉，打圆场。汤计一问，此人是原大兴安岭林业管理局局长郑焕如的外甥，便语重心长地教育他："我和你姨父是多年好友，我告诉你一句话，头上三尺有神明，人在做，天在看，伤天害理的事儿不能做，做人不能留有业障，你们这一打，伤了老百姓，把自己的福报也打没了……"

王玉良心里有愧，汤计一针见血，戳在了他的痛点上。不一会儿，王玉良就醉了，一头倒在沙发上起不来了。当时汤计还有点奇怪，这个王玉良没喝多少酒，怎么会醉到这种程度？

很快，三座店水库事件得到中央领导和自治区党委政府的关注，纠正了徐国元等人的错误做法，被抓的农民全部释放，又给三座店搬迁村民提高了补贴，做了安置，并且免去了当时松山区区委书记的职务。果然不出汤计所料，王玉良反而得到提拔，升任松山区区委书记。

三年之后，汤计再一次见到徐国元和王玉良，已是人非昨日。徐国元因受贿 3200 万元，王玉良因向徐国元行贿，被内蒙古纪委移交自治区检察院依法侦查。

内蒙古纪委将徐、王二人移送检察机关时，汤计作为新华社记者目击了移送全过程。他在自己的博客里这样写到："我奉命率领一个采访组采访赤峰市松山区三座店水库，由此也认识了时任松山区区长的王玉良，王玉良生于1963年10月，身高有一米八，五官端正，文质彬彬，其相貌用一个字形容：帅。因其给我留下的直观印象好，我当时怎么也不能把那起恶劣行动与他联系起来，而是把所有恶行都归结到市长徐国元身上，还好，我们的内部报道引起了中央和自治区领导的关注，被拘押的农民很快被释放了，水库移民的补偿款提高到了一个合理的水平，农民们都按时搬迁到了新建的家园，但事件本身却长久地萦绕我心，政府现如今的财政状况应该说比从前好多了，建水库要让农民离开祖祖辈辈生存的地方，怎么就不能多拿出一点钱给他们补偿，让他们快快乐乐地搬迁到新的家园呢？毛主席给我们共产党员定下的宗旨是全心全意为人民服务，毛主席说善有善报，恶有恶报，不是不报，而是时辰未到。从2005年夏天到2007年底，徐、王遭报应的时间不足三年，记得那年我曾在酒桌上对王玉良说，头上三尺有神明，人在做，天在看，伤天害理的事不能做。估计我的话击中了他，那天他没喝几杯就醉倒了，此后我与王玉良再没见过面。1月23日，自治区纪检委向司法机关移送徐国元等人的时候，其中也有王玉良。那天在一个不大的房间里，王玉良默默地听纪委办案人员宣读双开决定，默默地在双开决定上签字画押，默默地看着警察给自己戴手铐，我一直静静地注视着王玉良，而精神恍惚的他始终没有注意到我，直到两个警察要押他离开房间时，他才发现我，那一瞬间，他的目光是那样惊愕、恐惧、哀伤、无助……他的嘴唇翕动了一下，想说什么却没有说出来，王玉良到底想对我说什么呢？"

关于徐国元，汤计在博客里是这样写的："十多年过去了，尽管徐国元的官位不断升高，但其身上那种邪性没改，被自治区纪委双规了一年多的徐国元，因严重违法违纪被双开并移交司法机关。根据中纪委的批复意见，按照相关程序，自治区纪委办案的同志向其宣读双开决定，我本以为徐国元听后会很难过、表情严肃，但出乎我的预料，徐仍然歪着身子翘着二郎腿，就是检察机关人员给他戴手铐的时候，他仍面露微笑，恬不知耻。"

[**作者随笔**] 徐国元被判处死缓之后，汤计写了一篇通讯《草原巨贪徐国元》，披露了徐国元其人其事，给这样一个党内的蠹虫，做了一次细致的解剖。想来中国的读者，对其日进斗金，平均每天贪污受贿达一万五千元之多的案情，已经审丑疲惫，不再会拍案惊奇，因为他们在中纪委的反腐台账上，看过的已经太多，赃款成吨，赃物成车，赃房成片，简直不胜枚举。有意思的是汤计在文章中披露的两个寓意深深的细节，倒是值得各位看官回味。徐国元交待：逢年过节"谁送了钱我记不住，谁没送钱我能记住。"那么，送钱的应该是大多数，没送钱的应该是少数。也就说明，行贿受贿已经是官场潮流，难道这仅仅是孤立的赤峰现象吗？区区赤峰市市长可以猖獗到离经叛道，但是如果大环境中无人火上浇油，无人敢在天网恢恢之下逾越雷池，那么徐国元也不可能在赤峰鬼蜮成灾。

正如一只蠹虫，必然存活在一枝腐蔓朽木之上，有其特定的根系和生态环境。改革开放没错儿，发展是硬道理，党纪国法、党的政治规矩也是硬道理。建国之后，毛泽东杀了刘青山、张子善，树立起雷锋、焦裕禄的丰碑，中国共产党人用全心全意为人民服务的情怀，用艰苦奋斗的传统，时刻武装着自己。为什么经济一发展，"一年清知府，十万雪花银"的封建文化意识即刻满血复活，四处弥漫。当反腐倡廉的利剑开始环视九州大地，歧途之中，徐国元们胆大妄为的脚印已然罪恶深重，难以抽身退步？

汤计写道："徐国元遗弃了自己曾经宣誓为之终生奋斗的远大理想和全心全意为人民服务的宗旨。他玩弄权力、追求金钱，热衷于穿名牌、戴名表、坐好车、住豪宅，最终因精神空虚、信念垮塌、政治颓废，人生跌入万劫不复的深渊。实际上，徐国元不是真心信佛，也不想诵经忏悔，而是心存侥幸，寻求罪恶灵魂的慰藉。每收到一笔赃钱他都要在'佛龛'下面放一段时间。由于心里有鬼，在他隐匿赃物的箱包中，箱包四角也各摆放一捆万元钞票，中间放置"金佛"或"金菩萨"，祈求"平安"。他甚至还荒唐地幻想"放生"一条蛇，乞求佛陀赐他长命百岁。"

笔者在这里倒是和汤计先生有一商榷。徐国元当初入党时的宣誓，可以视为真实的吗？非也，那仅仅是他的谋生之道，不过冠冕堂皇而已。笔者认为，徐国元现象，不应该仅仅用遗弃理想、信念坍塌来定论。政治信念不是空中楼阁，要有长期为党工作的实践经历，要有坚实的文化基础和政治素养奠基。在到处物欲横飞的时代，配得上

"有政治信念"的人难能可贵，而徐国元文化层次原就很低，谈不到有什么崇高信念，借助某种力量进了官道，便自然而然地用谋生的套路迎合官场中的劣习，结果身上的卑劣龌龊就露了相。文化是什么，是科学精神、法律意识、人文修养的有机体组合。如果拥有了这些，还会如此可笑地求佛帮他做坏事吗？罪过，罪过，佛主慈悲，唯庇天下正派善良之人；佛主庄严，岂容奸佞邪恶之徒。

十一、玷污了警察的"老警察"

　　2005 年，汤计开始推进呼格吉勒图一案的重审。在阅读资料和走访的过程中，汤计得知张铁强是当年专案组的组长，而这桩仅仅六十二天就把一个青年送上断头台的案子，可谓漏洞百出，令人触目惊心。此后，汤计多次深入呼和浩特市和内蒙古自治区公检法相关部门就此案进行调研，多次撰写相关内参和新闻稿件，历时整整九年。汤计与老熟人张铁强，也曾在会议上、饭局上相逢一笑，闲话聊天，彼此的目光也曾偶然一撞，又迅速错开，一切都在不言之中。张铁强知道是汤计在积极为呼格吉勒图伸冤，枪口正在跟踪着自己，但是从未提及此事；而汤计总是有意无意地绕开张铁强，他知道，随着自己一篇篇檄文出手，案子重审的可能性日益增大，亮剑的那一刻必然到来。就这样，九年之中，一个赤手空拳慷慨陈词的书生，一介使枪弄棒不漏机锋的武夫，两个一米八几的高大男人，沉默地较量着，像深海之下的两股激流，汹涌撞击，却不在海面上掀起一丝波澜。

2014年12月14日，内蒙古自治区高级人民法院宣判，震动全国的呼格吉勒图冤案重审结果——呼格吉勒图无罪。2014年12月17日，原呼格吉勒图一案的专案组组长、时任呼和浩特市新城区公安局副局长、现职为呼和浩特市公安局党委委员、副局长的张铁强因涉嫌玩忽职守、刑讯逼供、受贿，被内蒙古自治区人民检察院带走调查。笔者写作之时，有关方面尚未公布审理结果。据汤计在调查尚未结束时从有关部门了解，除涉嫌渎职罪以外，已经查获其来源不明的现金一千余万元，房子多套，其中放在母亲旧房子里的现金五百多万元，放在自己家中的现金六百多万元。

张铁强的微博昵称老警察。他在公安的资历有三十五年，的确够老。

那天张铁强正在呼和浩特公安局的一间办公室里，接受内蒙古公安厅纪检委的约谈，内蒙古检察院反渎职侵权局的工作人员进入，将张铁强带离。据搜狐新闻报道，当时张铁强与检察院工作人员发生短暂争执。争执到什么程度，没有详说。而张铁强这种面对国家机器的抵抗，到底是出于一种职业的本能，还是想撑住最后的面子，或者是始终不肯认罪的惯性使然？抑或兼而有之？总之，一个老警察，以玷污职业荣誉的方式结束职业生涯，不仅实在难看，悲剧意味也很浓重，所见之人无不喟叹。

作为较量了九年的对手，汤计在得知这个消息之后，并没有什么胜利者的喜上眉梢。他当时身体小恙，躺在病床上，正好有时间慢慢回想自己所认识的张铁强，一个个场景，就像电影镜头在眼前闪过。

第一次见张铁强，是在一九八九年。汤计去采访张铁强所侦破的一个吸毒案件，当时张铁强担任呼和浩特禁毒大队副大队长。那时候他只有三十一岁，高大魁梧，精明强干。汤计要求从多方面进行采访，见见那些吸毒人员，张铁强予以配合，安排他见了一个曾经家有三千万财产的吸毒者。此人的家庭整体毁在了毒品上，开始是老婆管着丈夫，孩子管着父亲，不让他吸毒，结果是老婆孩子被他引诱，也跟着他一起吸上了毒，最后是倾家荡产，全家穷困潦倒，连一顿饭钱都付不起了。吸毒者走上这条不归路，途径多种多样，最终殊途同归，个个变成毫无尊严的行尸走肉。汤计为了写好稿子，研究他们的心理问题，需要找深层的社会原因，采访得很细致。张铁强当然愿意由汤计这样的大记者来宣传自己的战功，因此毕恭毕敬，唯命是从。当时张铁强给汤计的直觉印象是虽然说话直白，却心细如丝，在本职工作方面很上心，善于打开局面。万没想到，就在提审一个女性吸毒者的时候，张铁强让汤计瞠目结舌，看到了他粗鄙蛮横的一面。

张铁强瞬间就变成了另外一个人——像抓小鸡似的把一个瘦瘦的女子"咣"一下操在了汤计面前。

汤计一看，这个女子还很年轻，但是身体已经被毒品作践完了，瘦得像一根干枯的树枝，苍白的皮肤中透出青紫，一副有气无力的样子。细看，脸上还有一丝姣好的痕迹。

汤计问："多大了？"

那女子的声音怯怯地："二十四了。"

汤计问："原来干啥工作的呀？"

女子回答："在劝业场经商。"

汤计说："当老板？"

女子："有四个柜台，还开了一家饭店。"

汤计一笑说："那你可比我趁多啦……"

女子说："都没了。"

汤计说："都吸光了？"

女子点头不语。

汤计说："多好的日子，为什么好上这个呢？"

女子很懊悔地低着头："我戒了……"

气氛开始松弛，汤计正准备继续提问。就在这时，令人猝不及防的一幕发生了。可能是听着女子说的"我戒了"这句话不入耳，意味着"我已经戒了，不应该抓我"，张铁强突然间照着女子的后背就是一巴掌，嘴里还十分粗野地骂着："你戒了，狗都能改了吃屎，你戒了，还用得着卖 × ？"

张铁强是个彪形大汉，这一巴掌把那女子打个趔趄，眼看着就上气不接下气地抽搐起来。

别看汤计高大魁梧，但是他心肠软得像草原上的流水，对于弱者，哪怕是一个罪人，也从不忍心伤害。一双手，是拿笔用的，从没打过任何一个人。这样的情形他看不下去，只好匆匆结束采访，不欢而去。

再次和张铁强打交道时已经到了 2002 年。当时内蒙古自治区国税局发生一起大案。案情是这样的：国税局稽查处有个女处长，被人用铁锤砸死。当时的情形是，她坐在办公桌前，右手握着一支笔，正在写字，在第一锤子下去时就死了，甚至大脑神经都来不及反应，死后一直保持着写字的姿势，据现场侦查认定，杀人者为确保其致死，又给女处长补了一锤。

因为是大案，汤计前去采访。他到了国税局一看，楼上楼下走来走去的都是警察，正常的工作秩序已经被打乱。一问，是呼和浩特市公安局赛罕分局局长张铁强带人在此办案，吃住均在这里，一切费用由国税局承担。

张铁强告诉汤计，凶杀现场没有发现任何可疑物品和线索，只有三个烟头。这三个烟头都做了 DNA 检验，其中两个烟头是来办事的人抽烟留下的，基本排除嫌疑，另外一个始终没有检验出来，案子不好破，光是 DNA 就检验了五百多人，花了很多钱，还是没发现什么有价值的线索，仅此而已。

公安机关办案，为什么非要吃住在事发单位呢？汤计表示质疑，张铁强两手一摊，表示无可奈何，仅此而已。

其实，此时的张铁强已经掌握了自治区国税局局长肖占武的受贿线索，他不漏风声，私瞒消息，疑似为了向涉嫌犯罪者索贿。在侦查女处长被杀案的过程中，张铁强发现一个北京商人比较可疑，他经常承揽自治区国税局的工程，与肖占武局长称兄道弟，关系非同一般。肖占武给他项目，他给肖占武贿赂。张铁强发现这个北京商人在呼和浩特存有四百六十万人民币、四万美金，就把他抓起来审讯，问他这些钱的来路，不说就上各种手段，直到北京商人受不了了，交待出这钱不是自己的，是肖占武局长的。他说："有一天，肖局长跟我念叨，现在存款实行实名制了啊……我就说用我的身份证给你办张卡，存在我名下。"

张铁强抓住了肖占武的七寸，秘而不宣，继续留在国税局骚扰式"办案"，给肖占武施压。肖占武当时十分刚愎自用，以为自己是国家条管单位领导，和自治区、呼和浩特市的领导都熟悉，没有把张铁强放在眼里，直接给自治区公安厅和呼和浩特市公安局相关领导打电话，反映了情况，意思是这么弄叫我怎么工作，让他们撤回去。

张铁强脸色一沉，二话没说，做出坚决服从命令的姿态，一夜之间，撤得干干净净，肖占武心里自然放松了许多。

不久汤计突然接到张铁强的电话，他以为是女处长的案子有了新的进展。岂不知，张铁强抖落出了肖占武的犯罪线索。当然，张铁强的讲述中，始终作出一副出以公心的样子。许多年之后，汤计才弄明白，张铁强一身正气的背后暗藏着的不可告人之心。他分析，如果当初肖占武悟出张铁强的真实目的，给上张铁强一二百万，恐怕事情就不会是这样的结局，肖占武也许在天网恢恢下暗渡陈仓，继续享受荣华富贵，而张铁强涉嫌刑讯逼供没有因呼格吉勒图一案的重审暴露，那更是可怕——一个无法无天的执法者，将继续肆无忌惮地摆弄着国家赋予他的权力，把司法职责当成手中的橡皮泥，根据自己的蝇营狗苟之图随意捏造变型，还会有多少人蒙冤含恨？还会有多少人无辜而亡？

张铁强提供的线索，令不明就里的汤计对他高看一眼，经过调查，张铁强手中的证据翔实，足以证明肖占武犯罪。责任在肩，汤计立即动笔写内参，此时检察院也收到了对肖占武的举报，经多方配合，终于拿下了这个内蒙古厅级第一贪官。肖占武因受贿罪被判处无期徒刑，因巨额财产来历不明罪被判处有期徒刑五年。经比照，他受贿的钱，等于他正厅级职务三百年的工资。他在国税局担任领导职务十几年，引导了这个系统买官行贿之风，他的案子涉及一百零三人，其中内蒙古自治区各盟市税务官员达四十多人，旗县税务官员达八十多人，一个蚁王，繁衍出了一个蚁群。

法庭宣判的第二天，汤计到狱中采访肖占武。在包头铁路公安处拘留所第一提讯室，汤计与肖占武相对良久，默默无言。肖占武说自己心脏不好，什么也不想说。

这个曾经不可一世的大官儿，和一些刑事犯罪分子同居一监舍年余，饱受欺辱。在那些刑事犯眼里，贪官就是让他们贫穷、让他们犯罪进监狱的始作俑者。肖占武家里送来的食物和烟，被刑事犯们一抢而光，平时他连喝口水、抽支烟都十分困难。此时汤计递上的一支烟，给予他的微笑和关切，显得那样的温暖有力，瞬间融化了积郁在他心底的寒冰。面对汤计，他说出了曾经想烂在肚子里的话："权力和金钱固然诱人，但一年多的牢狱生活，让我深深地体会到，自由比什么都宝贵，甚至比生命都宝贵。"肖占武眼里含着泪说："人一旦失去了自由，就失去了做人的尊严，活着如同行尸走肉……"

肖占武三岁丧母，大学还未毕业，父亲也去世了。他从一个农村中学教师到镇党委书记，再到哲里木盟副盟长，四十岁就走上了副厅级领导岗位。1994年国、地税分家，他成为内蒙古自治区第一任国税局局长。肖占武为满足对金钱的欲望，失去了一个党员领导干部应有的自律，严重损害了税务干部的形象。过去呼风唤雨的肖占武，此时对权力、金钱总算有了新的认识。肖占武痛苦地说："权力是把'双刃剑'，用好了能为党和人民、为四化建设多做些贡献，用不好会杀了自己！我的教训是十分沉痛的。我把自己的教训告诉所有的国家工作人员，特别是党的各级领导干部，以我为诫，百倍珍惜自己手中的权力，用好手中的权力，千万莫伸手。"

汤计认为，肖占武的教训是警示党员干部和权力在握之人的一个反面教材。他写出了《失控的条管局长肖占武》一文，发表在《瞭望》杂志上，被新华网、人民网等网站广泛转载，一时间引起社会极大关注，达到了预期的目的。

汤计和张铁强两人，由于破获肖占武一案的配合，关系开始有所变化。张铁强当然希望向汤计靠拢，只是每每求之不得；汤计觉得，看人要一分为二，要多看张铁强的长处，他虽然粗野，但是很敬业，办案子有经验，在心理上对张铁强的抵触开始减轻。然而，虽说工作关系可以保持，汤计还是不能将张铁强引以为朋友，自己委实无法和一个张口骂娘、举手打人的人为伍。汤计身为记者，平易近人，和蔼幽默，长于沟通，具有善于交友、快速走近被采访者的能力，但他骨子里就是一个狷介耿立之人，他的外圆内方、秉笔直书、眼睛里不容沙子，是无法改变的。

不久，有一个王姓商人因债务纠纷到新华社申诉。情况是这样的：王姓商人因经营借了他人一笔款，由于经营遇到困难，未能及时还款，正在筹集之中，且有能力在晚些时候还钱，可是对方已经对他失去信心，向张铁强所在的公安局报了案，经侦大队也已经开始侦查。社里领导委托汤计了解此事。经调查，王姓商人没有说谎。汤计认为这件事不是经济犯罪，他让王姓商人做好还款计划，自己给张铁强打了个电话，协调此事。张铁强说警察是为老百姓服务的，能协调解决，不必动用强制手段，并配合汤计在债权人和负债人之间进行协调，最后债权人接受还款计划，王姓商人如期还款，双方握手言和。

汤计是资深记者，每年都会带几个青年记者为学生。小李就是其中的一位，这个姑娘，性格腼腆，比较内向。到了内蒙分社，一时不知道写点什么。汤计想张铁强办案曾经出过大新闻，或许可以就治安管理一题，到张铁强任局长的呼和浩特公安局赛罕分局做一下采访。

当时正是临近春节时候，呼市的条条巷子里都很热闹，办年货的人们熙熙攘攘，小商小贩生意兴旺，忙得不亦乐乎。汤计师徒二人徒步而行，也想顺便了解一些民生百态。忽然听到一声焦急的叫喊："抢钱啦！"原来有个女摊主在给人找钱的时候，突然一只不知道从哪里伸出的手一掠，一百块钱就被抢走了。女摊主的叫声吸引了路人的目光，只见那个抢钱的人，是个毛头小伙儿，也就十八九岁的样子。他抢到钱，几步就窜出十几米，眼看摊主就没法追上他了。这时刻横空飞出来个张铁强，虽然身材略胖，但是擒拿术基本功了得，只见他几个箭步，一把就抓住了小偷的脖领子，夺回了小偷手里的钱，还给了摊主。张铁强一问，这是个没有钱回家过年的打工仔，没有其他什么前科，便在他屁股上踹了一脚，骂了一句："小崽子，不学好，下次再犯，爷把你弄进去……"虽然语言有点粗野，还是引来围观者一片赞叹。

汤计说："现在看来，每一个人都有多面性，不是非黑即白，张铁强能这样做也是一种警察的职业本能。咱们这人，就是太容易感动，当即写了一篇评论《多了一个张铁强，社会就多一分安定》。那时候真的没有看透张铁强，我对他的认识还是在推进呼格吉勒图案重审的过程中，慢慢清楚的。"

十二、那个知道老百姓难处的书记不能走

[**作者随笔**] 在对汤计的采访进行到一半的时候，我感觉到身体有些不适，胸闷气短，后背沉重。我想那段时间，虽然日程紧张，但是，最难以承受的并非劳累，而是与汤计交流过程中，他讲的那些催人泪下的故事，叫我久久不能释怀。汤计所在的岗位，对接自治区的政治司法，采访中遇到的惊心动魄、悲欢离合太多，目睹的巨变太多，以笔为旗，力挽狂澜的经历也太多。汤计做不到男儿有泪不轻弹，无法掩饰悲天悯人的情怀，他太投入，太真情，心是软的，血是热的，泪腺是封不住的。他在大地上行走，总是为弱者的伤口流泪，总是为正义受挫而愤慨，总是为高尚的心魂赞叹。一个人的理性，生成于各种各样

的背景，而一个人爱哭，只有一种注解，那就是他还有血有肉地活着。汤计坐在电脑前，给我和助手乌琼读他早年写下的文字，突然就哽咽了，我们只有静静地等他揩干净满面泪水，再继续读下去；在他们家的饭桌前，他讲述牛玉儒之死，感动得我和乌琼泣不成声；他讲呼格吉勒图父母拿到无罪判决书的那一幕，说自己第一次体会到，真正的高兴，不是欢笑，往往是流泪……在我的写作生涯之中，见过各种各样的讲述者，所以我知道汤计的这些话来自生命深处，那是人间最为珍贵的不可替代的叙述。

于是，我话题一转说："汤计老兄，我们都是性情中人，从身体的角度看，离开一线工作岗位，或许对于我们来说也是件好事，不必恋恋不舍。正如一匹老马，从草原上走过，不可以回头再来。"

这时恰好我看见汤计的书桌上有一本阅读中的《习近平谈治国理政》，上面用红蓝铅笔加注了一些即时心得，是被汤计细心读过的。于是，我们由此开始漫谈。下面的文字来自录音整理，是汤计当时谈话的摘要。

汤计说："在没病之前，其实我写东西是个快手，因为我思考的时间长，一边采访就一边思考。你看，昨天我们刚从巴彦淖尔临河回来，今天上午，我就跟我带的年轻记者开会，碰题目。我已经想好了，要他们从哪方面写，我告诉他们什么内容用新闻语言写，什么内容用报告文学手法写，评论该怎么评。年轻时，我总是脑袋一刻不停地在想稿子的事儿，吃饭或者休息的时候，我经常盘腿坐在那个椅子（家里餐椅）上，和我爱人谈工作，我谈我的，她谈她的，我们这种坚持了多年的交流被两个女儿称作'磨豆腐'。我的第一个读者永远都是我爱人爱芳，我跟她讲牛玉儒，讲郝万忠，她被感动得直哭。"

我说："我觉得你身上有很多跟牛玉儒相同的东西。"

汤计："是这样，人以群分，物以类聚，没有共同的理想和信念，没有相同的东西，你不会被他感动。你自己是灰暗的人，怎么会感受到美好的东西呢？我手术后其实就做了一件事，就是给呼格案件画句号。这是我心里一个最沉重的东西，我觉得如果我不把这件事做完做好，也许就永远没有人能接着把这件事做下去了，因为我坚持了九年，积累了九年的经验。呼格吉勒图父母说，这九年他们最怕的事情就是汤计调走，我要是倒下了，他们怎么办，呼格吉勒图那可怜的孩子怎么昭雪洗冤？同时，我也感到带学生是当务之急，在临河的采访你都在现场，你看，当时都是我在提问，尽管我鼓励年轻记者提问题，但他们没有经验，无法进行对接。《纽约时报》的一个主编说，我们的记者都是他采访的那个领域里的专家，这是必须的。那天我在对巴彦淖尔中级法院的调研中就发现了问题。我对他们院长说，你们考核指标中那个上诉率有道理吗？上诉是法律赋予当事人的权利，上诉了，并不意味你们判错了；没上诉，也并不能证明你们判得完全对。考核上诉率，法官就会以不上诉为目标来办案，就很可能有失严谨规范，甚至判错案。法院要考核什么，第一，庭审驾驭能力，开庭就是看法官的驾驭能力；第二，法律使用能力；第三，文书制作能力。法律文书都写不了，法官的位置你就坐不了，得让能写文书的人来坐；第四，要考核法官的案件调研能力；第五，法官的人品自律能力，人品自律不行，道德层面不行，你怎么能做法官。我说这五大能力主要是考核法官，这个都要写内参。院长说，老汤你还真是内行，说得真对。我认为，一个好记者，你要懂行，才能拿出正确的看法来。所谓的无冕之王，是要求记者用国家领导人的思维水准去思考问题，有高度，有广度，有深度，有智慧，才可谓王。你想的跟人家习近平想的差出很远，你的稿子拿上去干啥，你也拿不上去。

我说："目前中国'四个全面'并进，我理解这是你想问题的一个着眼点，你现在关注的司法改革，是依法治国的大事，从这一点上，也可以说你正是站在党和国家的高度来看问题。"

汤计："总书记提出的全面从严治党，全面依法治国，全面深化改革，全面建成小康社会，完全符合中国国情。不能全面依法治国，人民得不到公正，党的威信也就不能存在，怎么能实现全面建成小康社会？多年跑政法，我认为真正的问题是如何进行司法改革，让法律成为全民的信仰，法官成为社会的良知，法院以审判为中心，侦查办案离刑讯逼供越远，就会离法律公正越近，没有这些，我们的公检法谈不到是公平正义的守护者。"

"这些年，虽然看到了像徐国元、张铁强、肖占武、蔚小平等等众多令人失望的腐败分子，写了《失控的条管局长》《黄金大盗是怎样发迹的》《内蒙古三厅官贪腐三怪》《"黑警霸覆灭之路"》《法官素质令人忧》等文章，扳倒了一个个违纪违法的干部，见过的负面新闻很多，但是我的政治信念没有动摇，我始终相信党的希望还在，真正的共产党员还在。所以，我们这一代人，最重要的责任就是要把红色基因延续下去。我一九八八年入党，到现在也是个老党员了，我活一天，就要用自己的力量，去擦干净那些腐败者给党抹上的灰尘，在生活中寻找共产党员的丰碑，让我们党真实的形象矗立于普天之下、万众心中。"

2004 年 8 月 23 日，中共内蒙古自治区党委常委、呼和浩特市市委书记牛玉儒的追悼会在呼和浩特市青山公墓大礼堂举行。那天细雨绵绵，道路泥泞，当汤计来到殡仪馆的时候，场面叫他十分震惊。大厅满了，他已经进不去了，只好站在院子里。他个子高，放眼看去，只见前来吊唁的人们手持鲜花、挽联、条幅密密匝匝地站在台阶上、院子里，一直延续到院外的公路上，有很多人没有打伞，仍然静静地伫立在雨中，低低掩抑的抽泣声连成一片，萦绕弥漫在人群中。

内蒙古电视台的一位台长，把汤计叫到身旁，她满含泪水，给汤计一一指出自发组织来的人群——三百辆出租车司机排列着整整齐齐的队列来了，他们胸佩白花，十人一排在牛玉儒的灵前鞠躬，他们说："牛书记的为人和为官，值得我们给他叩首……"呼和浩特市阀门厂的王成起带领数位退休工人，抬着他们凑钱买的花圈来送牛书记："牛书记关心我们的生活，给我们涨工资……"还有数位衣着俭朴的市民，他们曾经是常年的上访者，正肃穆地站在人群中；几位泪眼迷茫的大妈，是呼和浩特市的下岗女工……与此同时，整个呼和浩特都在送别牛玉儒，清晨六点开始，呼和浩特的街头、广场、建设工地，素衣白花、手举挽联的群众已经在为牛书记默哀。这些淳朴的百姓，都是社会底层普普通通的劳动者，没有人组织他们，他们是闻讯而来的，但是谁都能看出，他们的心是真挚的，他们的眼泪是滚烫的，他们爱牛书记，想牛书记。

汤计刚调到内蒙古工作的时候，牛玉儒在内蒙古纪检委当秘书长，那时候汤计就认识了牛玉儒，君子之交淡如水，在此后二十余年的工作中，一直彼此心照不宣，却相濡以沫。得知牛玉儒患病，汤计心情沉重，往事历历浮现在眼前，他时刻关注着牛玉儒的病情，也做了终有一别的思想准备。此时此刻，看着那些普通劳动者一双双泪水不止的眼睛，听着他们一声声"知道我们难处的书记不能走"的倾诉，好像霹雳闪电划过苍天，他的职业敏感被一下子点亮了——在这理想迷茫、信任缺失的社会环境下，一个任职仅仅四百九十三天的市委书记，能让老百姓竖起大拇指，真心实意地说一个"好"字，多么难能可贵！

8月20日参加完牛玉儒追悼会，8月23日汤计马就开始了相关的采访。斯人已去，流水官场，开始追逐新一轮的繁花锦绣，犹抱琵琶半遮面者，三言两语者，敷衍塞责者皆有，汤计明白自己宣传牛玉儒的急迫感，对于某些仕途经济中人，恐怕是急之非所急，想之非所想。汤计见怪不怪，掉头行船，找牛玉儒秘书李理倾心一谈。李理把一张牛玉儒住院之前的工作日程表拿来让汤计看：

3月20日上午，从呼市出发中午到成都，下午与新希望集团总裁刘永好洽谈。晚上休息；

21日上午，飞往深圳，又乘车前往珠海，下午与珠海格力负责人会谈，晚饭后返回深圳；

22日上午，在深圳与创维公司负责人会谈，参观考察康佳集团，午饭后转机北京到银川。晚上10点考察银川的亮化工程；

23日上午，参观考察银川城市建设，并与银川市领导座谈。午饭后坐汽车前往乌海市考察，连夜乘火车返回呼和浩特。24日上午，向市委汇报这次出行的收获……

这张日程记录单在汤计的手里抖动着，汤计和李理谁都说不出话来，两个深沉的男人，为那个铮铮铁骨的逝者，为那个把最后一丝热能无私地交给了大地，交给了人民的共产党员，促膝而泣。

牛玉儒从政二十七年，三十一岁就是副厅级干部了，曾在很多重要岗位任职，可以说关系广泛，人脉丰厚，但是让汤计惊讶的是，他的亲属至今全都留在老家通辽，没有一人借助他的关系经商或者入职党政系统。大哥已经退休，和儿子在火车站蹬三轮；二哥在公路段工作，儿子也在蹬三轮；大妹妹开了一个小复印店，二妹妹实在没有办法生活，牛玉儒妻子谢莉帮她调到包头，做一般工作。

汤计说，这样的事迹我们不去挖掘，不去了解，就有可能丢失一块宝石，埋没一座丰碑。如果让牛玉儒消失在时间的流逝里，自己就对不起记者这个职业，对不起新华社记者这个岗位，也辜负时代的要求，愧疚于共产党员的使命。

汤计精心地保留着当初的采访笔记，时间已经过去了十一年，笔记本的纸页已经泛黄，但是金子般的内容不可磨灭：

"蔡桂兰，这是一个呼和浩特市第二毛纺厂的老工人，当年六十二岁，她和我说，我是从电视上认识的牛书记，去年在东瓦窑菜市场，一回头我看见牛书记戴着墨镜在看菜，我喊牛书记，他说不要喊，叫我牛老弟就行了，我就是随便看看。那时候正是'非典'闹得厉害，大家都出不来，蔬菜流通得不好，再加上小商贩囤菜，菜价特别高，老百姓吃菜遇到了困难，牛玉儒很担心。就是这种情况下，为了避免工作人员受'非典'传染，他只身一人到了菜市场。牛书记说，我就是下来看看这两天菜价为什么这么贵，你在这儿，就陪我转一转。这个蔡桂兰大姐便陪牛玉儒转了一上午，她可抓住了机会，一路不停地把她了解的百姓生活情况，给牛玉儒讲，牛玉儒听得挺细心，直点头。她说，我那天可高兴，回家一边做饭，一边唱歌。我闺女说，哎呀，妈妈今天咋了，抱了金娃娃还是捡了钱了，这么高兴。我说我今天陪市委书记视察了，我姑娘笑得一口水一下喷出来了。她说，妈妈搞啥名堂，市委书记牛玉儒，你陪他视察了？我说，对呀，我就是陪牛书记视察了，他叫我大姐，他知道咱们老百姓过日子不容易……"

"呼和浩特市建委主任孙建华说，去年六月我一到呼市，牛书记让我跟着他大街小巷跑了差不多两个月，从来没在凌晨两点以前休息过。牛玉儒那时差不多天天都为城建的事和他通电话，不分白天深夜。以致到现在，他晚上一做梦，还总是牛书记的电话……"

"李理说，一向倒下就睡的牛玉儒，'非典'那段日子经常要吃安眠药。从4月16日起，他二十四小时驻守办公室，夜以继日地连轴转。设在办公大楼六楼常委会议室的'非典'防控指挥部，夜夜灯火通明，墙上悬挂的'疫情防控图'，每时每刻显示着这场生死之战的局势。牛玉儒调动起从政近三十年积累的经验，以最昂扬的精神，有条不紊地带领干部群众抗击陌生的'敌人'。"

"呼和浩特市运输公司出租车司机杨树林说，去年夏天一个星期天的上午，牛书记和爱人一起上了他的车。我说，你是牛书记！牛书记笑了，亲切地问我每天的收入情况，打听市民们最近有啥反映，对城市建设有什么要求。我说，呼市缺公厕，外地乘客为了找厕所，常常要出租车拉着绕好长时间。牛书记听得非常认真，下车的时候还对我说，'你放心，我们会尽快在全市布局一批公厕。他还幽默地说，一个城市哪能光讲'进口'不讲'出口'呢！"

"呼和浩特市联运出租车司机张惠珍眼含热泪说：'呼市人民为啥这么爱戴牛书记？因为他心里有咱老百姓啊！有一次，我看到牛书记指着盲人道上的电线杆，批评管城建的干部说：'盲人道上的电线杆不拔掉，这不是害人吗？与其让盲人骂我，还不如我先骂你们！'这事可能不大，但我真的很感动。"

"市委督查室主任董利群统计了一下，从2003年4月至2004年7月，牛玉儒一共批阅各种群众来信和涉及人民群众切身利益的公文函件314件，平均不到两天就一件，而且他还要求督查室必须跟踪解决。"

"当时的包头市政府秘书长程刚说起牛玉儒，有一种发自内心的敬佩，牛玉儒在包头当了5年市长，正赶上地震后重建，他主持搞了一大批工程，涉及到的项目资金数以亿元计，可是他从来没有为亲友揽工程写过一张条子或打过一次电话，所有的工程都采取公开招标。正是有了公心，他才能理直气壮地为了工程质量对施工单位发出'干不了退出去'的严词。在日常工作中，除了出差的机票、住宿费，他没报销过任何其他费用。"

"司机陈磊刚一调来，牛玉儒就告诉他，在外边不管参加什么活动，不管是谁，也不管是什么东西，一律挡住，不许装到车上。"

"李理说，牛书记外出，吃饭经常在路边小饭馆，住和我们一样的普通房间，什么都不讲究，就是一门心思地谈工作。"

"2004年除夕，牛玉儒接受呼和浩特市电视台的专访。记者问他，作为呼和浩特市这个'大家庭'的家长，新的一年有什么新的打算？谁也没觉得这句话里有什么不妥，而牛玉儒马上纠正她——我不是'大家'的家长，我是为'大家'服务的，这个位置一定要摆正。"

汤计经常跟他的学生强调，"细节决定品质"这句话，我们做记者的要记住。一个人到底咋样，你不用听他讲道理，就看他怎么做事情；一篇文章能不能写好，就看有没有感人的细节。汤计知道，要写好这篇文章，要细数牛玉儒给包头带来的巨变，给呼和浩特市带来的巨变，为自治区的发展所作出的贡献，还要通过一个个生动的细节，把牛玉儒身上的正能量，春风化雨一般，传到每一个渴望阳光、渴望进取的干部群众的心里。如果文章写得过于概念化，大词儿和口号太多，就没人感动，没人喜欢读，就会适得其反，让这样一个好人的足迹消失殆尽。

为了寻找一个有血有肉的牛玉儒，让他重新在人民的面前、重新在中华民族伟大复兴的进程中发光发热，汤计放下其他工作，入民舍，走机关，不忽略任何一个熟悉牛玉儒的人，捕捉一个个牛玉儒的故事，在十余天的时间里，紧锣密鼓地进行采访。他发现一个现象，由于中国人内敛的文化心理使然，采访对象的讲述都很简单，常常把很动情很细腻的地方略过，用"牛书记，大好人""牛书记是当代焦裕禄啊""牛书记真是勤政为民"之类抽象的概念一言以蔽之，怎么办呢？汤计的经验开始发挥作用，在对方欲言又止的关口上，他会先很动情地讲一段自己知道的，与采访对象所了解的牛玉儒有联系的故事，把对方的记忆和情感引发出来。

"这是我原文记下来的，他爱人给我讲的。她说任何一个上访人员来到门前，牛玉儒从来不拒绝，都要接进来。他说干部你可以一个都不让进来，但上访的一定要请进家里来。上访的老百姓到咱家门口不容易，不知道找了多久呢，你不要伤了他。他每天都忙乎到很晚回来，早上早早走，都没能让我好好看上他一眼。电视报道哪条路不通，他都要自己去看看。怕人家认出来，他就自己骑自行车去，这几年他晚上回到家里，我把牙膏挤上，他都顾不上刷牙，上床就睡着了。

"牛玉儒早上匆匆吃着东西就往外走了，他对爱人说，有些事情已经推到我这儿，不干不行。大家对我期望这么高，我就得把它干了。谢莉说，你这么不管不顾地干，扔下我们怎么办？凌晨四五点来电话，干扰睡觉，我就把电话线拔了。他说我的电话不是给你安的，不准干扰我的工作。

"包头市下岗工人用手编制的拖鞋卖 20 元一双，我买的时候他说多买几双吧，你不能和下岗工人讲价。"

就这样，在汤计动情地引导下，采访对象的情感被打动了，眼睛湿润了，回忆的多米诺骨牌渐渐启动，汤计需要的细节慢慢复苏，徐徐而来。

那段时间里，汤计总是有一种时不我待的紧迫。他白天出去采访，晚上坐在灯下整理资料，在思考和回忆中，一次次走近他的主人公，一次次唏嘘流泪。妻子爱芳坐在他的旁边，给他倒上一杯奶茶，披上一件外衣，也成了他第一个读者。读着采访笔记，谈着心中的感受，汤计夫妻成了一对泪人，牛玉儒逼真地在他们的心里活起来了，也在汤计的笔下活起来了：

　　每天不停地超负荷运转，牛玉儒一直精神抖擞，外人看来，他像一台动力超强的高速发动机。只有妻子谢莉知道，丈夫已经累到骨子里。很多次，她准备好热水，等着为深夜回家的丈夫烫烫脚、去去乏，可就在她去端水的这点工夫，丈夫已经合衣躺倒睡着了。妻子只能就这么让他睡着给他擦把脸、洗洗脚。他的身体也不断向他抗议，胃痛，发烧，尿血……但他吃点药就又忙去了。谢莉怨他，劝他，但无可奈何于他。不管她怎么说，丈夫对付她的就是一招儿："再干几年退休了，我整天休息，咱们开车周游全国，好好玩……"妻子愿意等，但病魔却不等。今年4月22日，正在呼市"两会"期间，牛玉儒突发肝区疼痛，李理把他送去医院检查。诊断结果让他惊呆了——结肠癌肝转移，晚期。"两会"一闭幕，牛玉儒被送到北京协和医院，5月3日做了结肠切除手术。牛玉儒给自己定的计划是，3天下地，7天拆线，15天后回去工作。看着已经开始准备出院的丈夫，谢莉只好对他说："玉儒，咱还走不了，手术后切片化验你结肠上的息肉有癌细胞，必须化疗。"

化疗是一个多么痛苦的过程。但牛玉儒从不喊一声疼，叫一声苦，他强忍着一切不适，吃饭，锻炼，希望尽快回去工作。直到现在，家人和身边工作人员还在疑惑，牛玉儒到底对自己的病情知道多少？若是真明白自己已经时日无多，为什么还一直那么达观，还那么忘我地工作？

十分了解也非常欣赏牛玉儒的时任内蒙古自治区党委书记储波说："以牛玉儒的智商，他不可能不知道自己的病情。面对生死的时候，最能看出一个人的精神境界。"牛玉儒的精神境界是：一息尚存，工作不停。病房成了他的第二办公室。李理说，除了躺在床上不能出去，牛书记几乎和过去没啥不同，从早到晚还是那么忙。牛玉儒的二哥牛玉实几次到北京看他，守在病床前，却跟他说不上几句话，他总是在和市里的干部们谈工作的事，病房里刚没人，电话就来了。心里始终牵挂着工作的牛玉儒，每一次化疗间歇，刚刚恢复一点体力，就反复跟大夫要求返回呼市安排工作。

市委秘书长兰恩华对牛玉儒病中三次回呼市的行程，记得格外清晰：第一次，专门检查了正在进行中的城建工程。乘一辆中巴，东河、呼伦路、电影宫周边、五塔寺广场、通道北街出城口、火车站广场、新华广场走了个遍。每到一处，详细查问工程进度，了解存在的实际困难，询问资金落实情况。第二次，考察金山、金川开发区，参加台湾汉鼎在呼市的奠基仪式。第三次，参加自治区党委七届六次全委会；主持市委九届六次全委会，在会上做工作报告……

"除了为数不多的知情者，没人想到牛玉儒是在怎样的情况下来参加这次会议的。出门前，谢莉给他穿准备好的西装。牛玉儒原来二尺九的腰身已经瘦到不足二尺三了，西装穿在他身上，好像都看不见胳膊似的。谢莉简直没勇气仔细打量丈夫，但牛玉儒却口气如常地说：'里边就多穿几件内衣吧。'

套了七八层内衣和衬衣的牛玉儒上台作报告："我们必须以冲刺的状态迅速占领发展的制高点，力争在今年实现地区生产总值达到600亿元，财政收入达到60亿元的目标……"他抛开原本40分钟可讲完的稿子，整整讲了两个多小时。牛玉儒激情昂扬，台上台下振奋不已，凡被问到的与会者都说："印象太深刻了。"

7月16日的这次发言，成了呼和浩特市委书记牛玉儒的绝唱。

病情急转直下，牛玉儒进入了弥留时刻。8月10日下午，他似乎醒来了一瞬，看着妻子，他蠕动着双唇，想说却什么也说不出来，眼眶里溢满了泪水。谢莉实在不甘心丈夫就这样一句话不说离开自己，她和儿女围在床边一遍又一遍地叫他、喊他，他没有反应。12日早上，谢莉忽然闪过一个念头，她贴在丈夫的耳边轻轻地喊："玉儒，玉儒，8点半了，要开会了。"牛玉儒竟真有反应了，眼皮一颤一颤地使劲，终于睁开了眼睛——这是他投向世界的最后一线光芒……

2004年8月14日，牛玉儒病逝北京，终年51岁。

　　这是汤计《勤政为民的模范共产党员牛玉儒》一文的最后一段。在写作的过程中，汤计一直流着眼泪，他完全沉浸在牛玉儒的精神世界里，手中的笔，不由自主，脱离了"内参"的文本格式，一气呵成，写了9000余字，方以手抚膺，掩泣搁笔。在书房外，爱芳一声不出地等待着他。天黑了，又亮了，他走出书房，只见爱芳坐在沙发的角落里，显得那么忧伤，那么瘦小，只有一双含泪的眼睛在晨晖中格外明亮。汤计在用手里的笔和牛玉儒长谈，爱芳在心里默默感知着丈夫的情怀。汤计伸手把爱芳紧紧搂在怀里，半晌才说了一句话："玉儒走了。"

　　9000多字的稿子作为内参是太长了，新华社内蒙分社社长看完觉着特别感人，业务副社长也觉着很好，就帮着往下删，删到了4500字，实在不忍再下笔删了。内参要求最长是2800字，还多了2000字，于是把稿子又交回到汤计手里，让他自己做一下处理。汤计这时已经冷静下来了，动手删到3200字，最后就以3200字成稿发到北京总社，总社编辑杨宁删到2800字发出。

　　9月22日汤计的这篇文稿上报中央。中共中央总书记、国家主席、中央军委主席胡锦涛9月23日作出重要指示。胡锦涛在批示中向勤政为民、鞠躬尽瘁的牛玉儒同志表示崇高的敬意和深切怀念。他强调，党需要这样的好干部，人民需要这样的贴心人。我们应该学习他、宣传他，让千千万万个牛玉儒式的好干部涌现出来。

宣传报道牛玉儒，向牛玉儒同志学习的活动开始了。汤计一块石头算是落了地，可是他的情绪一直没有从牛玉儒身上转移出来，每遇到一件事，他都会想，玉儒要是在场，他会怎样处理这件事呢。爱芳心疼他，劝他说，咱们回呼伦贝尔草原走走吧，那里让人心敞亮。汤计说，不用去了，无论我走到什么地方，牛玉儒这个人都会活在我的心里。写英模人物，等于到他的生命里走了一趟，你付出的是真情，收获的是一生的精神财富。

　　内蒙古自治区要组织英雄事迹宣讲团，可是没有文字材料，一位政府副秘书长给汤计打电话联系，他说汤主任，你写的牛玉儒事迹总书记都批下来了，上级安排我们组织宣讲团，你看我们宣讲啥呢？汤计当然知道这其中有一个版权问题，可是他觉得宣传牛玉儒，比一己私利重要百倍。他说，我有稿子，便把9000多字的原稿给了他们。汤计还叮嘱他们，如果分几个人宣讲，你们就以这个为蓝本改写吧。最初组织宣讲团的时候，自治区邀请汤计参加，汤计婉言谢绝，他说我的东西你们尽管用，但是我不能讲。听说胡锦涛总书记读内参时，读到牛玉儒临终，儿子女儿喊爸爸，他不答应，爱人俯在耳朵上说，玉儒啊，八点半了，要开会了，他的眼睛却睁开了，然后慢慢闭上眼睛，与世长辞了。胡锦涛总书记也落泪了，我相信凡是勤政为民的共产党员都是一样的。这段时间总是想着牛玉儒，总是动感情，我的身体已经难以承受了。

　　为了宣传牛玉儒，汤计和他的同事写了五篇感人至深的人物通讯，每篇都配上评论，全国各大媒体纷纷采用，达到了家喻户晓的预期效果。牛玉儒成了当年的感动中国人物，牛玉儒事迹宣讲团的同志获得韬奋新闻奖、范长江新闻奖并被政治局七位常委接见。很多知道内情的朋友问汤计："挖掘牛玉儒事迹第一人不是你吗？怎么得奖没你的事儿了呢？"

到了2014年党的群众路线教育活动开展的时候，中央要牛玉儒事迹稿件，汤计的稿子又一次发挥了重要作用。汤计说，虽然自己没有拿奖，但我很知足，我很高兴，我认为自己很成功。牛玉儒曾经感动一座城市，我作为一个新华社记者，能让牛玉儒再一次凤凰涅槃，感动全中国，教育全党，已尽职尽责，无比光荣！我当初写牛玉儒的时候，没有想过要得到什么，我写他是因为爱他敬他。现在，我应该像牛玉儒那样初心不变，全心全意为人民服务，而不是全心全意争夺荣誉，争夺光环。假如我当年想着用牛玉儒的事迹为自己谋什么，肯定是不会写出那样的文章来的。

[作者随笔] 2015年夏天，十一年前接受汤计采访的牛玉儒秘书李理，已经升职为巴彦淖尔市委常委兼临河区委书记。我目睹了汤计和李理的重逢，一直坐在一边听他们谈话。他们已经十一年没有见面了，但两人仿佛昨天刚刚分手，好像分别之后彼此的变化都不曾发生。一个成熟的党政官员，是不会轻易侃侃而谈的，而李理开口就向汤计讲起了自己对临河发展的构想，也毫不掩饰地向汤计吐露困惑和烦恼，请教一些解决瓶颈问题的策略和方法，他们之间的那种亲切、默契、心心相印是无须客套的，此时此刻，我看得出来，他们虽然不提起往日的忧伤，无疑都想起了那个远去了的人。对牛玉儒的真情爱戴，是他们之间心灵和精神的通道，也是他们共同的力量源泉。两个

十一年未曾再见的朋友，让我看到了超乎友情之上的东西，那就是一致的信念！他们一谈就是几个小时。汤计知道李理会学着牛玉儒的精神，去踏踏实实为人民服务。李理记得汤计写牛玉儒时倾注的感情和心血，也懂得汤计之所以竭尽全力呕心沥血，只因为一个记者的职业追求。

十三、向世界打开六十八本警察日记

2007 年，汤计又以同样的方式，通过艰苦精细的调研采访，撰写了集通铁路共产党员英雄集体，战胜罕见暴雪，抢救列车的事迹。此后，他把对英雄们的记忆珍藏在心底，将手中的相关采访笔记，整整齐齐地收好，束之高阁，转而思考有关教育改革、弱势群体的课题。他想，今后若是遇到牛玉儒式人物的采访任务，就交给自己的学生们去写，自己一定保持情绪平静，做一个场外指导就可以了。

2011 年 5 月的一天，汤计接到鄂尔多斯市公安局政治部主任的电话，请他去参加准格尔旗公安局局长郝万忠的追悼会。

郝万忠是谁？汤计拿着电话，在脑子里过电影。他想起来了，到鄂尔多斯调研时，曾经见过郝万忠一面。那个警官正值英年，微胖，寡言，抽一种低档的香烟，喝酒挺实在，说干就干，印象只有这些。电话那边说，可好的一个公安局长走了，兄弟们都很难受。

汤计一问情况，郝万忠是早上出操时心脏病发作猝死，因公殉职，只有四十一岁。汤计知道这又是一个体力透支造成的悲剧。这几年公安系统的任务不断加重，一个优秀的干警往往承担着几个甚至几十个人的重担，心力交瘁而死的现象时有发生。他考虑这个问题具有普遍性，有时间可以搞一个专题新闻调查，向上反映，当时没有去参加郝万忠的追悼会。

不久，自治区公安厅、准格尔旗旗委宣传部，都派人来找汤计。因为读过汤计写牛玉儒的文章，他们说，就是想请汤主任来写我们的英雄，我们的郝万忠局长也值得汤主任的大手笔去写。一时间有关郝万忠的故事，一个又一个地传进了汤计的耳朵。

郝万忠英年早逝，惊动了鄂尔多斯大地。他的战友们从他工作过的每个地方赶来，在他的灵前设下祭酒席。这些深沉的汉子，举杯倾诉心中的情感，说给他们的好兄长好领导听；普普通通的低保户、打工族挤满了灵堂——他们没有钱，却买来最精美的花圈，他们不善言辞，只有一句话："好人，走好！"说了一遍又一遍。

鄂尔多斯市是一个财富神话之地，一个准格尔旗就有一百二十七个煤矿，有人说一个煤矿一天就可以挣一麻袋钱，钱就像树叶子似的哗哗地满天飘。可是出现在郝万忠灵堂里的一幕，叫汤计听起来难以置信。几个煤老板来了，他们一边烧着冥币，一边哭诉："郝局长啊郝局长，你帮助我们做了那么多好事，我们说送点钱谢谢你，去了多少回，你把我们推出来多少回。现在你走了，把这点钱带着上路吧，到了那边，别再抽十块钱的紫云烟了，也买点软中华抽，这里还有美元、英镑，都带上，你可不能再拒绝了……"

由于郝万忠是在岗位上去世的，局里封存了他的办公室。一直等到郝万忠的哥哥、姐姐到来，领导和同事才一起打开封条，准备收拾他的东西。摄像机镜头对准了房门，封条被撕开，这是至关重要的一刻，等于把一个人的全部秘密大白于天下。一个有口皆碑的好警察好党员的另一面如何，大家会在此刻看得一清二楚。他们看到了什么呢？没有钱，没有酒，没有烟，没有任何高档的物品，除了文件、报纸，就是一等功、二等功、三等功勋章和立功证书，还有三个纸壳箱子，里面装着六十八本日记。这些日记，记录着自从他当警察的第一天开始，每一天所做的工作，所获得的心得，所进行的思考。一本本日记干干净净，一页页字迹端端正正，就像一条走了十四年的长路，每一个脚印都踏踏实实，熠熠生辉。前任留下的保险柜，一直空着，衣柜里有几件随身穿的警服，几盒廉价的紫云烟，还有一封妻子写来的信，信上有心疼有抱怨，"你工作忙我支持，可是儿子要中考，你怎么也该抽空陪陪我们娘俩。"郝万忠又是好几个月没有回家了。

汤计坐不住了。2011年，鄂尔多斯，纸醉金迷，灯红酒绿，天下熙熙，皆为利来。久在河边站，岂能不湿鞋？郝万忠自守清白，匪夷所思，弥足珍贵。

汤计的笔，拿下过草菅人命的解某某，收拾过私设公堂的李建华，他们都是中国警察的耻辱、中国司法队伍的毒瘤，虽然这些人的下场终属恶有恶报，让老百姓出了一口气，但毕竟都是些反面教材，反面教材可以发人深省，却不能令人励志图强。中国警察的精英在哪里？郝万忠说："公安，公安，心中有公，人民才安。人民警察，前面是人民二字，就是为人民办好事。"必须让中国警察到世界的台前展现风采，让中国和世界都看到他们的高尚情操、优秀品质、英雄胆略，让中国和世界都知道，中国的好警察大有人在，就在中国共产党带领十三亿人奔向小康的道路上，就在九百六十万平方公里的每一座城市、每一个乡村中。很快，汤计查阅了郝万忠的档案资料："郝万忠同志 1994 年参加公安工作以来，从一名普通民警成长为刑侦大队长、公安局副局长、局长。他先后荣立一等功两次、二等功两次、三等功三次，获得自治区劳动模范、内蒙古自治区优秀人民警察、全区十大破案标兵、内蒙古杰出青年卫士等殊荣，直接参与和指挥破获刑事案件 2200 起，打掉各种犯罪团伙 800多个，抓获犯罪嫌疑人 3000 多名……此时的汤计，就像一个走出山谷，攀上悬崖，再回过头重新看谷底的人，突然弄明白了自己的心路。原来自己寻找共产党员丰碑的愿望，并未与那些采访手记一起束之高阁，并未随着自己年龄的增加而冷却，自己心中的热情依然在沸腾着、燃烧着。郝万忠的事迹应犹在，他要去采访，像写牛玉儒那样，再一次重走郝万忠的生命之路，体会这个人物的感情和精神。他知道自己的身体日渐疲惫，已经不能承受鏖战之苦，但是他激动得久久不能入睡，于是起身给他的老搭档、新华社业务公司董事长、党委书记吴国清打电话，坦陈心曲。

吴国清太理解汤计了，但是他还是沉吟着摇了摇头。

他说："汤计啊，那地方土豪遍地，钞票没膝盖，迈一步都有可能碰到'钱'字上，真真假假、假假真真的状况肯定少不了，弄不好一失足成千古恨，毁了你一辈子的清誉。"

老友的提醒，良言苦口，使汤计慎之又慎，做好了各种思想准备。如果郝万忠的事迹确凿，那就是成功，自己就是为社会的良知良能讴歌了；如果郝万忠的事迹不属实，也要把这个人物的多重性、复杂性挖掘出来，以供人们深思。

经过社里批准，汤计重披战袍，带着他的学生出发了。他们的行程是从外围到核心，先到郝万忠入职起步的地方东胜区、郝万忠曾任公安局长的伊金霍洛旗，再到他牺牲的地方准格尔旗，采访了数十人。

口碑，口碑，有口皆碑。在采访的过程中，一提起郝万忠郝局长，无人不竖起大拇指赞叹。

干警说："哎呀，郝局长的故事太多了，就给你们讲讲我们亲眼见过的吧。2010年春天，一家企业在准格尔旗（下称"准旗"）薛家湾镇打钻探矿，占地毁田。因补偿问题没谈好就开钻，村民们封堵道路阻拦施工，施工队挥着棍棒加拳脚开路，两个村民被打伤。警方把打人者刑拘后，施工队以几十万元的赔偿与村民们私了，找到某领导向公安局求情："钱也赔了，村民们不告了，你们撤案吧，别移送起诉了。"

诉，还是不诉？

两种意见争执不下，大家把目光集中到了刚到任不久的局长郝万忠身上。

"咚"的一声，郝万忠的钢笔重重戳在桌面上："准格尔旗施工队多，如果我们不诉，会给他们一个错觉，以为有钱就可以横行，打了百姓出钱就能摆平。这样下去暴力犯罪会上升，执法为民也会变成一句空话。一定要诉！"

2010 年 1 月 6 日，一个煤霸团伙操控了五百多辆大卡车占道，被堵在公路上的运煤车排了二十余公里。准旗公安局集结了二百多警力隐蔽待命。警戒线前，郝万忠向煤霸头领喊话："你们赶紧让开道路，不然我们将采取强制措施！"可是黑团伙毫无让路的意思，其头领白贵河披了件军大衣，在十几个爪牙簇拥下冲着郝万忠晃悠过来。他双手交叉在袖筒里，用肩膀直接拱向郝万忠胸口："咋地啦？咋地啦？"

情势变化之快超出了所有人预料，体型偏胖的郝万忠动作快如闪电，大家还没看清呢，他一个锁喉动作就把白贵河摁翻在地。

全场震惊。局长一马当先只身制服匪首，无需命令，愤怒已久的民警们迅猛出击，白贵河的随从尽数被擒，一个为害多时的黑恶势力团伙就此土崩瓦解。

运煤道路从此畅通无阻，当地老百姓放鞭炮，扭秧歌，欢庆了三天。

汤计找到一个打工的孩子母亲，核实自己采访听到的另一件事。那个母亲听汤计讲完连连说："是啊，是啊，没灰（胡）说，没灰说，你看现在，我也不发愁了，孩子也上学了。"

原来她的孩子在一家超市外捡到个炸煤用的雷管玩，把手指头炸掉三个。她觉得应该是政府的责任，是公安局没有控制好安全隐患。从此天天到公安局告状，要求赔偿，公安局实在无法解决这个问题，她一告就是好几年。郝万忠想了个办法，以那家超市为圆心，把半径三十公里之内的矿主全请到。他说，出了事，不能把板子落到老百姓屁股上，我们不能看着他们的困难不管。你们可能有责任，也可能没责任，就算赞助吧，帮帮这位可怜的母亲。煤老板们出了三十万，把这件事圆满解决了。

汤计打开郝万忠留下的六十八本警察日记，一字一句地细读下去，一页也不舍得落过。一个人的日记，是他独自收藏的记忆，是秘而不宣的人生，唯一的作者和读者都是自己。写日记，是与自己的心对话，因此能真实地暴露一个人的心灵世界。

在郝万忠六十八本日记的字里行间，有初为警察的欣喜，有办第一个案子时的焦虑，有处理大案要案的计划和方案，有登上领导岗位时刻的决心，有老百姓向他反映的问题，有提拔干部时，对人选优缺点的分析，甚至还精打细算地记着吃饭、买书、买衣服、洗澡、买茶叶、买药、买机票、汽车加油保养等各种费用数额，也包括同事、亲友结婚或小孩生日随的礼金，细到个位数。公安局规定，局领导每辆公车年花销不能超过 6 万元。2010 年，郝万忠的车花费 7.2 万元，于是他自掏腰包 12676 元，补上了超出的部分。郝万忠私人账本上 2010 年记的最后一笔账，就是这笔费用……郝万忠在公安局长岗位上将近十年，眼睛看过多少社会的阴暗面，接触过多少邪恶的犯罪分子，但是他留给这个世界的只有清白、勇敢和信心，当然也有思考和困惑，但是找不到一丝畏葸动摇。这是一个政治信念坚定、大公无私的人。

汤计确信自己终于找到了那个完全有资格、有品质站到世界面前的中国警察。他一遍遍阅读郝万忠的日记，从十四年前开始，逐字逐句地回溯郝万忠的精神历程，提炼郝万忠生命故事中那些闪光的细节。

内参《公安局长郝万忠拒腐防变全心为公赢得赞誉》落笔的时候，新华网内蒙古频道总监王欲鸣恰好来到汤计的办公室，汤计请他谈谈意见。王总监一口气读完，掉下了眼泪。半晌，他才平静下来，对汤计说："又一个牛玉儒出来了。"

汤计的这篇内参发出之后，时任中共中央政治局常委、中纪委书记贺国强很快做出了批示。中纪委组织有关部门人员赴鄂尔多斯及郝万忠工作过的东胜区、伊金霍洛旗、准格尔旗考核调研，当地干部群众证实了汤计的报道确凿可信，郝万忠的英雄形象不可颠覆。中纪委的调查十分严肃认真，当他们发现有一个律师曾经写信检举郝万忠徇私办案，就千方百计找到那个律师细细核实，并且重新审查当时的那个案件，最终查证郝万忠并未徇私办案。在这个过程中，那个律师也了解了事实真相，表示心服口服。

时任国务委员、公安部部长孟建柱在 2011 年 10 月 11 日的《新华每日电讯》上，满怀激情地写道："郝万忠的先进事迹十分感人，他是当代的英雄，是公安干警学习的榜样，请大力宣传，挖掘郝万忠同志的先进事迹。"

汤计和他的同事挑灯长夜，相继写出了《一个公安局长的燃情岁月》《公安局长郝万忠的遗产》等人物通讯，字字力透纸背，笔笔满含深情，被众多全国媒体转载，也留在了人民群众的心中：

2007 年 3 月，鄂尔多斯市发生最大合同诈骗案，破案后追缴赃款达 1 亿多元。追赃时，一名涉案人员想少退些赃款，拿着 10 万元"好处费"来找专案组长、时任东胜区公安局刑侦大队大队长郝万忠。被拒后，又通过各种关系来说情，依然被拒。

此人恼羞成怒，给郝万忠打电话："你这样软硬不吃，别怪我不客气。我跟某某领导是哥们儿。别说拿掉你这个大队长，就是扒了你这身警服都是几分钟的事情。"

当时，东胜区公安局刑侦大队教导员刘建平正在旁边，他清楚地记得当时情景，郝万忠一笑，说："我们警察有自己的尊严，别以为你有钱就可以为所欲为。你也别威胁我，我怕了你这些歪门邪道，早就不当警察了。"

最终，此案追赃数额创鄂尔多斯历史纪录。

有个老板想请郝万忠违规批个条子，郝万忠说："行。"老板很开心，正要表示感谢，却见郝万忠开始脱警服，边脱边说，"批了你这个条子，我就不当警察啦！"老板一看傻了，即刻知难而退。

2008年8月，郝万忠刚到任伊金霍洛旗公安局长就遇到一个历史遗留问题。伊金霍洛旗公安局有16名退伍军人，由于没有正式编制，待遇一直很低。郝万忠到任，他们看着这位新局长记下了每个人的名字，也没抱太大希望。哪知，郝万忠一次又一次找旗领导和相关部门，终于为这些退伍军人争取到了文职人员编制。

大家感谢他，他说："你们和其他民警一起出生入死，有困难拖了这么长时间没解决，我代表局党委向你们致歉了！"

2009年11月，郝万忠要调任准格尔旗公安局了，这16位干警知道郝万忠从来不收礼，踌躇再三，还是凑了300元，买了个文具盒台历，让郝万忠摆在新岗位的办公桌上。他们说，局长，你看到台历就能想起，在伊金霍洛旗还有十六个兄弟姐妹想念着你！郝万忠遗体告别那天，伊金霍洛旗公安局这十六位曾经的"临时工"抬着花圈，来到郝万忠灵前。唱起了"送战友，踏征程，默默无语两眼泪……"在场的民警们都跟着唱了起来，他们唱得那么悲壮，那么深情，歌者、听者无不泪下。

公安部、人力资源和社会保障部追授郝万忠为"全国公安系统一级英雄模范"，中共中央组织部追授郝万忠同志"全国创先争优优秀共产党员"称号，一个在全国范围内宣传郝万忠、学习郝万忠的活动开始了。郝万忠就这样回来了，在他生前的队伍里，一个个以他为榜样的志向高远，献身事业的青年警察正益成长。

汤计义不容辞地参加了报告团，由人民大会堂开始，到全国各地巡回宣讲郝万忠的英雄事迹。他还接受了以郝万忠为主人公的故事影片《警察日记》剧组的邀请，担任剧本策划。他一直要求剧本保持接地气的风格，他说郝万忠就是我们每天都会遇到的一个警察，我们身边的一个兄弟，就是一个和我们一起喜怒哀乐的普通人，不能把他写成万能的神，也不能把他写成死板的政治符号。最终，这部电影以汤计采访英雄事迹的真实情节为线索结构故事，没有华丽制作，没有明星大腕，以十分朴素的艺术风格面世。

2013年《警察日记》在国内上映，作为党的群众路线教育指定影片，感动了千千万万个党员干部。这部片子不仅受到国内观众的欢迎，还入围第26届东京电影节，受到了与中国现实存在一定文化差异的日本观众的赞誉。上映当晚六本木东宝影院第七放映厅座无虚席，剧终后无人离席，掌声经久不息，东京电影节主席椎名保独自坐在前排座位上沉默许久，女性和老人拿着手帕，在揩拭眼泪。日本观众习惯冷静，这样热烈的反应很不多见。在片中饰演郝万忠的中国演员王景春一举摘冠，获得最佳男主角奖。

这就是现实主义的魅力。在无人相信英雄的时代，非虚构的真人真事，呈现出人性的光芒和力量，使英雄回归大众视野。

每当有人赞叹汤计为宣传郝万忠所作出的成绩，汤计总是这样说："要说我做了一点工作也不假，但是人家郝万忠所留下的精神遗产，原本就是共产党员的精华，就是人民警察的财富，我所做的不过是用自己的笔，为世界打开了这六十八本警察日记。"

十四、让新闻到此为止

一

在汤计的日常工作中，经常遇到一些这样的新闻线索，写，很简单，能够成为一条新闻，或许还可以轰动一时；不写，记者的压力更大，事实在催促你，问题在考验你，你必须有能力平息矛盾，解决问题，然而稍有不慎，你自己就成了窘境中人，就像山西人的一句土话所说的那样"你毛也捞不着"，还可能弄得名声扫地。对于政法记者汤计来说，他所遇到的每一个民事公案，都有如此两可选择。当然，一个记者之王的卓越超拔，也会在这时脱颖而出。首先，汤计的出发点和着眼点，是高度一致的，那就是考虑怎样去做才能为百姓谋求到公平正义。如果能够找到合适的处理办法，为老百姓排忧解难，他就会放下手中的笔，让新闻到此为止，让故事圆满结局。

在新华社内蒙分社，挂着很多老百姓送来的锦旗。汤计办公室的两面锦旗非常醒目。其中一面锦旗上是这样写的：赠汤计同志：百姓的记者无冤的青天。

送这面锦旗的人叫李秀英，当时已经七十二岁了，是呼和浩特市新城区一家村的居民。

事情是这样的。2012 年春天，呼和浩特市新城区的区委书记打来电话，说是新城区城市改造在一家村地段不能推进了，有十二家钉子户坚决不肯搬迁，请新华社派汤计老师去报道一下，给我们拔拔钉子。这次城市改造投资来自山东，是个关乎整个首府形象的大工程，交工日期已经定死，政府的压力很大。

汤计带着几个人来到一家村，只见成队的推土机来来去去，到处断壁残垣，原来叠积木一般密匝匝的村落，已经荡然无存，工程的速度果真一日千里。只有那十二家"钉子户"的一排旧房子，仍然兀立在瓦砾烟尘中，房门紧锁，窗帘密封，像一个固执的老者，一动不动。新城区拆迁办和拆迁公司的人，一看新华社的车到了，很是高兴，也有点故意做给周边的人们看的意思，十分热情地涌过来，嘴里不停地说着"谢谢新华社领导支持，来给我们拔钉子"之类的话。汤计下了车，一米八三的大个头儿派上了用场。他挥起胳膊，放开嗓门说："你们不要搞先声夺人嘛，我们是来了解情况的。"

汤计要找这十二家的人谈谈，拆迁办的人说，有的人家留了电话，但是不接电话，有的人家压根就没留电话，这些"钉子户"是躲在暗处和拆迁办耗上了。

汤计说："我就不相信这些居民会永远躲着不露面，不愿意见拆迁办的人，他们还要房子呢吧？咱们等。"车停在拆迁现场，记者们站在呼和浩特春季特有的烈日加雾霾之中，一阵阵的风，将尘土打在他们的脸上身上，他们很快变成了土人儿。终于，有知情者悄悄为他们提供了几个"钉子户"的电话号码。

城市改造工作由政府住建部门的拆迁办负责，拆迁办一般把工程拆迁项目以承包的方式交给拆迁公司，拆迁公司往往千方百计靠降低拆迁过程中发生的各项费用，包括竭力减少给予原住户的房屋及其搬迁补贴，达到获利的目的。

住房拆迁对那些没有背景的城市贫民，实质上是一次生存的洗劫。房子破旧，可以安身，拆迁之后，虽然给了你新房，但是搬家、装修、临时租房等等附加费用，往往耗尽他们一辈子的积蓄。中国百姓，如果手里没有攒着几个看病钱，就会很害怕。于是，双方的较劲开始了，结果往往酿成群体事件，死人伤人等现象无不有之。

一家村改造工程的双方，已经剑拔弩张。拆迁方扬言找新华社拔钉子，并动用公安局参与，经侦大队队长坚持按钉子户处理这十二家。被拆迁的十二家正准备到市政府上访，市政府不行就去自治区党委，誓死捍卫自己安身立命之所。如果这个时候双方发生几句口角，或者谁家的院子遭到一点毁坏，都可能点燃群体事件的导火索……

就在这个时刻，12家人的手机均被一条群发的短信叫响——

我是新华社记者汤计。我们受社里委派，就你们的拆迁问题进行调查，不代表任何一方。你们可以回短信，或者打这个手机，联系我们反映情况。相信我们大家一起商量，能有一个很好的解决办法。

汤计他们焦急地等待着，12 户人家的代表终于来了。

现年七十二岁的李秀英，是汽车机械工程师，原来在内蒙党委机关服务局做汽车管理维修工作，1984 年从体制内退出，到一家村开了一家汽车维修店，由于经验丰富技术高，生意一直很红火。后来她就买了一块地，建了个四合院，两层楼，五百多平米，老两口和儿子一家、女儿一家，住进这座小二楼里。拆迁方坚持说他家是外来户，不能按村民标准给，只给了他们家两套住房，共 280 平米。老两口就开始找拆迁方交涉，他们说，我们 1984 年来的，已经快 30 年了，怎么是外来户？你们就是给我们 3 套，也不到原来的 500 平米，现在给两套，实在不合理。拆迁方非常不情愿地又给了他们两套单身公寓，非常狭窄，只适合单身的打工族临时居住。老两口说，人家都是条件越来越好，我们老两口还得分家不成？

还有一家，两口子继承父母的房子，住在村里，拆迁时候就说人家不是村民，不能按村民待遇给补偿，人家当然就不干了。

其余的人家，都被拆迁方牵强附会地推到了待遇最低标准的范围内，如果接受，无异于倾家荡产，叫人家没法儿接受。

调查结果出来之后，汤计去找那个新区党委书记。他说，书记呀，你交给我的任务我是认真调研了，你看看我这篇稿子，该在什么时候写呢？是现在把情况反映上去呢，还是等咱们区里有了处理结果再写呢？

区委书记明白了自己掌握的情况有假，马上了解了真实情况，并迅速处理了拆迁方面存在的问题，满足了一家村十二户的合理要求。李秀英老两口感念新华社记者的为民呐喊精神，高高兴兴地请人做了一面锦旗送到了新华社内蒙分社。

二

新华社内蒙古分社挂着的另一面锦旗上这样写着：

赠汤计老师：身为党的喉舌，心系百姓之苦——乌兰察布市农机公司全体下岗职工 2013 年 10 月

1999 年，内蒙古农牧厅下属的国有农机公司改制，整体合并进了原乌兰察布盟农机公司，原乌兰察布盟农机公司也改制为股份制企业。政府答应，原来内蒙古农牧厅下属农机公司退下来的三十名老职工，一律走社保，政府负责交社保，计二百万元。可是这笔费用一直没有落实，所以这些下岗老职工，一直没有任何收入，生活困难，成了儿女和亲友面前的乞食者。他们原来单位的办公楼是一笔财产，价值两千万左右，可是已在合并中交给了原乌兰察布盟农机公司，已经成了别人的财产。他们还发现原乌兰察布盟的农机公司经理，存在贪腐问题，具体事实是，在国有企业转制时，隐瞒了外面欠公司的二百多万元债务。

他们到乌兰察布市政府上访过很多次，铁打的衙门流水的官，由于事情拖延的时间较长，新上任的领导们都忙于开拓自己的新政，没人愿意打理这团历史遗留的乱麻。他们到当地法院检察院投诉，告倒了隐瞒债款资产的经理，将他送进了监狱，可是这个人不久又获取了保外候审，律师以在当时的历史条件下，他以为这笔债不可能要回来为由辩护，检察院法院内部有争议，所以既没有起诉，也没有宣布不起诉，这桩公案一悬七年，那个经理也一直背着沉重的思想包袱。可怜这三十个职工就这样处于上访的长跑中，他们曾经多次到北京和自治区相关部门上访，当年的壮年跑成了老头儿，当年的老头儿跑进了殡仪馆，始终没有见到任何希望。

　　十四年的上访，使这些老人变得心灵懦弱，悲观又麻木。2013年，他们又一次到内蒙古人大常委会上访，内蒙人大常委会的一位工作人员很同情他们，就跟这些老人们说，我给你们提个参考意见吧。

　　老头儿们忙问，什么参考意见啊？

　　那位好心肠的同志，把老头儿们领到窗前，指着隔壁的一幢白色老式楼房说，你们知道那是什么单位吗？

　　老头儿们纷纷摇头说不知道。好心人告诉他们，那里是新华社内蒙古分社，是专门向中央反映基层问题的机构。新华社有个记者叫汤计，应该有办法，你们就去找他吧。

　　汤计的办公室也就十八九平米，突然挤进来一屋子老头儿，他们一个个弓着肩头，皱着眉头，嘶哑着嗓子，吃力地说着曾经讲述了无数遍的遭遇，眼睛里已经没有了眼泪，尽是深深的苦楚。汤计看着他们心里难受极了，为了控制住眼中的泪水，汤计把脸转向窗外，许久才慢慢转过身来。汤计虽然是个性情中人，但毕竟是个有经验的记者，他没有表态，拿起纸笔，细细查问案情。

汤计问，那让法院把楼执行回来，一拍卖，社保钱不就有了吗？

老人们说，听说领导有话，说楼是政府财产，法院不能执行。汤记者啊，他们都说你手里的笔是支金笔，可管用呢，你就给我们写个稿子报上去吧！

2013年是汤计生命中的多事之秋，他遇到的挑战前所未有。他坚持推动八年的呼格吉勒图冤案的重审到了关键时刻；呼和浩特市实验中学一名初一学生因为考试成绩下降被老师责骂跳楼自杀，轰动了全国，汤计正带领四名记者调查我国的基础教育问题；非常不如人意的是，汤计的身体出了毛病，他感到自己日渐疲惫。但是此时汤计没有敷衍推诿，他把这些老人送到楼下，让他们回家耐心等待调查结果。他硬撑着身子，去了一趟乌兰察布，到乌兰察布市法院、检察院了解这三十个下岗老职工的社保问题，掌握了翔实的情况。老人们的说法属实，那幢楼房的确还在转制多年的原乌兰察布农机公司手里，由于市政府某位领导的干预，检察院放着七年前取保候审的涉案人不起诉；法院虽然已经宣判这幢楼是国有资产，但是他们不愿担当，与检察院互相推诿，一直没有执行收回。

汤计到检察院提出批评建议，说你们七年置放案件不起诉，让取保候审人员悬了七年，属于严重的程序违法，如果我给予公开报道，就是司法界一个负面消息，建议你们赶紧依法作出决定，对取保候审当事人有罪不起诉，让他执行法院判决，交出大楼。

汤计又到法院提出了自己的意见——请你们联合检察院一起找

那位有关副市长汇报去，就说我建议，法院赶快对那幢在乌兰察布农机公司手里的楼房执行依法收回，然后由法院评估拍卖，所得资金补交足原下岗人员的社保费，其余留给产权拥有单位。你们捎话给他，就说汤计原话，任何人没有权利干预司法，法院的执行权是神圣不可侵犯的。如果他还要干预，那我一定奉陪到底，看看他头上的乌纱帽还能不能保得住。

那个副市长一听这番话，反应倒是挺快，马上说，我什么时候不让执行了？我跟你们谁说的？你们法院该执行就执行得了，问我干什么……法检两院的院长面面相觑，欲言又止。不过结果很好，检察院很快对那个公司经理作出有罪不起诉的决定，法院也开始安排对那幢大楼的执行。

就在这时汤计的身体检查结果出来了，结肠中的恶性肿瘤已经长得连肠镜都无法穿过那么大。手术的前一天，躺在北京协和医院的病床上，汤计的心里惦记着乌兰察布的那些老哥们，什么时候能终止上访，过上温饱的日子……

手机响了，是乌兰察布市中级人民法院执行局负责人打来的，他说，明天他们将去执行收回那座大楼，担心有人会发动不明真相的职工阻拦，乌兰察布农机公司使用了这座楼十几年，如果不肯轻易交还，恐难执行成功。请汤老师到场督办。

汤计的手上扎着术前静脉点滴的针头，爱芳帮着他拨通了社里的电话。他安排了第二天去现场的记者，叮嘱他们带上照相机全程跟随执法人员，如果有人胆敢阻拦，就是妨碍司法。他还叮嘱同事："要把发生的情况第一时间告诉我，出事儿我就推迟手术，马上发文给北京，报道乌兰察布法院将阻拦执法的人绳之以法。"

还好，这个预案没有用上，法院的依法执行十分顺利。

汤计手术后上班没几天，获得了社保的那三十个老人手里拿着这面锦旗，肩上挂着一串串鞭炮，乐颠颠地感谢汤计来了。汤计当时病容未消，身体虚弱，但是见到老人们脸上荡漾的喜气，听着他们"新华社好，汤老弟好人啊！我们上访了十四年，还是在新华社见了天日了，大恩不言谢，大恩不敢忘……"的心里话。他伸手把鞭炮从老人们的肩上摘下来，告诉他们这里是新华社，禁止放炮，你们的情意我心领了。谁知，他忽然听见身后连续有"扑通、扑通"的声音，回头一看，地上已经跪倒了一片白发人。中国的老百姓，多么善良，多么懦弱，多么可怜，太低太低的给予，不过是还回了他们应得的利益，竟然如此感恩涕零，五体投地。汤计鼻子一酸，他的眼泪夺眶而出。

汤计说，老哥哥们，如果不是有病在身，我一定要请你们喝上一顿酒，转制的时候，你们承受了这么多的困难，往后安度晚年吧。再有困难，还来新华社找汤计。

汤计未动一笔一墨，新闻到此为止，故事圆满结束。

三

汤计办公室的门，永远都是没有办法关上的，只要他上班，就有人找他投诉。来人中没有什么达官显贵，都是普普通通的老百姓。汤计经常想着牛玉儒跟他妻子说的话，"他们能到咱家来，一定是费了很多周折才找上来的，要让他们进来。"所以汤计即使有再重要的写稿任务，也从不闭门谢客。当然所来之人，各种各样，三六九等，汤计处理他们提出的问题，出于同情，止于智慧，得于尽心尽力。

一天，汤计正在编辑文稿，一个人推门就进来了，都不知道要先敲敲门。一股臭味儿旋即而来，把汤计熏得不敢呼吸。进来的妇女叫王桂梅，衣衫褴褛，蓬头垢面，身上气味难闻。王桂梅告诉汤计，丈夫被一辆汽车撞成十级残废，法院判了三次，对方都不予赔偿，她就四处告状，一年又一年地告下来，从三十四岁折腾到四十二岁，什么都顾不上了。

对于这种普通的交通事故案件，汤计本来可以婉言拒绝，可是汤计想，这真是出奇，一个交通事故，居然搁置八年。丈夫毁了，妻子也因此毁了，那么孩子怎样？老人怎样？一家人吃什么，这八年日子是怎么捱过的？

他也顾不上刺鼻的气味了，当时就拿起桌子上的电话，打给呼和浩特市中级法院的赵也夫副院长。赵副院长一听就知道了，他说王桂梅是个老上访，那个案子非常缠人。

汤计说："你们已经发回重审两次了，不能再回基层法院了，我们共同做当事人的思想工作，想办法调解解决。"

赵副院长说："那太好了，我们也愿意尽快结案。"

放下电话，汤计对王桂梅说："你上访不就是要赔偿吗，你心里的期望值是多少？"

王桂梅坐着不吭声。

汤计敞开办公室的门，让王桂梅身上的臭味往外散一散。

王桂梅还是不说话。这个女人跑法院多年，到各种机构上访多年，总结了很多负面经验，时时处心积虑，满肚子小算盘。

汤计看着她的样子，真是有点哭笑不得。于是直截了当地说："你不说话那我帮不了你。"

王桂梅着急了，她说："给上我七八万肯定不干。"汤计说："七八万是不能干。我看这样，十五万，作为底限，如果可能的话，我帮你多争取，最多也就二十万。因为煤矿工人死亡，赔二十万，国家规定的。"

王桂梅说："要给这么多我就认了。"

汤计说："那行，你记住今天的话，十五万为底，最高限是二十万，十五万以上就能接受。我去中院找赵副院长，请法院给你调解。"

汤计说话算话，接连到法院跑了四五趟，最后赵副院长说："老汤你就别跑了，这个数合理，我们能让他们达成协议。"

回来以后，汤计每天忙忙碌碌，再没有见到王桂梅来上访，就认为她的问题已经解决了。

原来王桂梅向汤计陈诉的情况，并不完整，只说了其一，没说其二。过了一阵王桂梅又来了，还是那副样子，臭烘烘的，汤计一看就知道问题没有解决。

王桂梅说："对方不给钱，不赔。"

咦？汤计不信。他赶忙打电话给赵副院长。赵副院长说："哎呀，汤计，那天谈了一下午，到晚上八点钟，好不容易谈下来了，人家赔二十万，当时签了就好了，就完成调解协议了。当时一看太晚了，我们想明天上午过来签就行，没想到这个王桂梅回家睡了一夜，又增加了一条——保留追诉权，司机方面就不赔了，这事儿就又扔这儿了。"

汤计气得半天说不出话来，刚要发脾气，他又转念一想，这个王桂梅，不过是生活在底层的一个柴米妇人，没有见识是一方面，日子过得太难也是一方面，于是忍住脾气问她："七八年前，是不是你要得太多，人家才不赔的？"

王桂梅默认了。

汤计说："你以前认识那个司机吗？"

王桂梅说："我哪认识啊。"

汤计说："闹了半天你不认识，看你的样子好像是那个司机故意撞的你男人似的。如果这个司机故意撞你男人的，你狮子大开口也行。可这就是个普通交通事故嘛。我说你呀，真是个愣子，你孩子现在是不是该考高中了，你整天告来告去的，对孩子学习肯定有影响。如果你错过了这次机会，再上访，你转眼就到五十岁，人生还有几个八年？到时你孩子也耽误了，你丈夫的身体还没准怎么样呢。你还要弄明白一个事儿，就是追诉权。假如你是那个司机，你想一想，赔了对方二十万，还允许对方保留追诉权，你不就等于一辈子给对方家打工吗，他们家啥时候没钱了一上诉就到你家来拿钱，你会给吗？

"人想事儿要替别人着想，别一锤子下去把人砸死。你要懂得退一步海阔天宽的道理，你拿着钱好好做点别的，开个小饭店呀，开个洗车场啊，把孩子照顾好，考大学，开始新生活。

"你看你把自己造的这个德行，进我屋来，臭味熏得我直敞门。"

王桂梅的眼泪跟着汤计的话就掉下来了，她说："我们家没人这么劝我，就是让我去要要要，多要一点是一点。我们家人都不对。"

汤计觉得可能是自己的话重了，赶忙开了个玩笑缓解一下气氛，说："你拿到钱啊，赶紧洗吧洗吧，捯饬捯饬，抹点雪花膏玉兰油，往后你丈夫就再也不派你出来上访了，他怕法院收发室的小老头儿看上你。"

王桂梅连哭带笑带点头。汤计这里又赶紧给赵副院长打电话，告诉赵副院长工作做通了。赵院长说那就赶紧让人过来吧，签协议，取钱，把事儿了了。

王桂梅站起身来，端端正正给汤计鞠了个躬，走了。

过了两年，王桂梅又到汤计办公室来了。

听到轻轻的敲门声，汤计从文案中抬起头来，说："请进。"进来的是个白净高挑的女性，穿着整洁时髦，礼貌地站在一边，冲着汤计微笑。

汤计说："你这个女同志怎么有点面熟呢，你是谁了？"

王桂梅说："汤老师你不认识我了？"

她一说话，声音汤计听出来了。汤计说："哎呀，是王桂梅啊，你咋干净了，漂亮了，变成了另一个人了？"

王桂梅说："你那次训我，我回家越想越对，觉得还是你们新华社的人不一样，有文化。以前没人把我点明白，瞧我这八年，唉，我干啥呢？我把赔偿钱拿上后，就开了个洗车店，现在过得挺好。"

汤计开怀大笑。

没想到王桂梅的身后又进来一个人。这个王桂梅，又米给汤计添麻烦了，她的一个朋友遇到了不公正，王桂梅就把她领来了。

爱芳的声音在汤计的心里冒出来——汤计你别再破车好揽载了

好不好，咱不是当年在篮球场上一跑一上午的那个汤计了，咱的身体吃不消了。可是汤计的手不听爱芳的话，不由自主地关上电脑，打开了笔记本。汤计知道这些普通的民事纠纷案件，不在一个新华社记者的职责范围内，但是一个好人的良知良能，一个共产党员的责任，让他无法视而不见地从不幸者旁边走过。

四

1991年，哲里木盟（现通辽市）出了一件让人瞠目结舌的事情。

哲里木盟中级法院原定当月6日召开公审大会，对一个杀人犯执行死刑，布告提前七天贴出，路人皆知。可是就在执行的前一天，法院突然在原来张贴出去的布告上进行了涂抹修改，公审大会取消，也就是说死刑暂不执行了，到底能不能执行，何时执行不得而知。

布告白纸黑字，经过红笔涂抹，贴在城中各处，又有抗议者，将一坨坨牛粪摔在布告上，黑白黄红，肮脏缭乱，更显触目惊心。满城的老百姓都出来看西洋景儿，一天到晚围在布告下面指指点点，种种传言沸腾，猜测、质疑、愤怒混在一起发酵，使哲里木盟充满隐忧和怪唳的气氛，国家司法尊严斯文扫地。

和每次一样，遇到急难险重的案子，分社指派汤计出马调查。呼和浩特到哲里木盟首府通辽市飞行距离一千四百多公里，飞行时间近两个小时。那时候通辽还没有标准的飞机场，往来的都是四十座的苏联产伊尔小型飞机，舱内噪音震耳，全程晃动颠簸。汤计一出发，就被飞机整了个下马威，他恶心，额上的血管凸起，感觉头像要裂开似的那样痛。哲里木中院的工作人员正在机场接机，舱门打开，黄沙弥漫而来，这是一片沙尘暴的领地。

中院把汤计安排到科尔沁外经贸宾馆最里边的一个套间中，这是当时哲里木盟最好的宾馆，里里外外好几道门。他们说，这是为了保证汤记者的安全，明早起来，他们过来接汤计吃饭，然后陪他调查。汤计说，有你们跟着，谁还敢跟我说真话？汤计想，有必要如此壁垒森严吗？真是多余。

没等汤计休息，记者站的同事阿斯钢就来了。阿斯钢是个年轻的记者。汤计喜欢和年轻人在一起聊天，一见小阿，很是高兴。二人热聊了一阵子社里的事情，汤计说，小阿你陪我出去转转吧。

二人出门不远，就发现有人如影相随，黑乎乎的夜里，也看不清楚到底是什么人。街上冷风骤然而来，行人了无。汤计没有什么恐怖的感觉，继续散漫而行。行至街角，小阿看前面没了路灯，就拉着汤计往回走，恰恰和暗中保护他们的法警走了个对面。

小阿了解这个案子的情况，他知道这个杀人犯和黑社会有些关系。现在全通辽都知道新华社来人了，来的人是要查为什么本已公布的死刑突然不执行了。人家好不容易花了大本钱活动到北京，已经暂缓执行，你来了，这不是来毙人家嘛。人家岂能甘心？所以，小阿没出声，特意来陪汤老师。

第二天一早，汤计就开始了调查采访。他依照一个案件的审理程序，先后去了公安局、检察院、法院，又面见了受害人家属、相关证人。一连几天，他白天采访，晚上消化思考白天采访的笔记，终于厘清了这一案件的来龙去脉。

哲里木盟中级法院有一个办公室主任姓贾，这个贾主任有一个大毛病，嗜赌如命，他在麻将局上认识了包永明。这个包永明是当时哲里木盟人事局局长的儿子，此人和社会上的黑恶势力一党，是远近闻名的混混。包永明发现贾主任手里有钱，而且召之即来，就和另外两个人设局，找贾主任打麻将，仨人儿规定好暗号，一个劲儿让贾主任点炮。那贾主任虽是个赌徒，但是经不起输，一输了，两眼发红，恨不得赶紧赢回来，结果越陷越深，每次拿几千块，几圈就输光。后来他看明白了，原来是包永明在设局坑他。到了第三次，他就把枪带到了身上。到了包永明家，眼看着那一张张十元大票不停地往包永明口袋里飞，他就急眼了，学着电视剧里的样子，把枪往赌桌上一放，说："你们吃了我的给我吐出来！"他原想一亮枪，那哥仨准害怕，就得乖乖把钱给他退回来。岂不知黑道中人恶胆包天，撕掳之中，反让人家抢走了枪，把他打死了。

　　这三个黑道儿的打死了人，就在西厢房的堂屋里挖了个坑，把贾主任的尸体用水泥封在了里面。贾主任的枪就落在了包永明的手里。包永明将这枪用塑料布包着，埋在煤堆里，动不动就拿出来吓唬人。

　　贾主任就这样人间蒸发了，家里人找，找不到，机关派人找，也找不到，寻人启事也发了，电视广播也上了，时间过去快二年了，仍不见有什么蛛丝马迹。

　　到底是人在做，天在看。天网恢恢，在劫者难逃。

　　这个包永明每天花天酒地、奸淫抢掠，越发肆无忌惮。一天，他在酒桌上看上一个有些姿色的女子，就动了歹心。他喷着酒气，一个劲儿往那女子身上贴，分明有了调戏之意。小喽啰们一看，纷纷躲开，这时酒桌上只剩了包永明和这个女子二人。包永明丑态百出，强拉那个女子送他回家。进了他家门，包永明就扒扯女子衣服，欲行非礼。女子一把将其推搡开，包永明本来就有酒力牵扯，一下子摔倒在地上，不由恼羞成怒，转身拿来手枪，威逼女人："你他妈不干，我毙了你……"由于他的手已经不听使唤，话未说完，子弹已经射了出去。也是这女子命大，子弹把火墙打了个洞，弹头卡在了墙上。包永明烂泥般瘫在炕上，不一会儿就呼呼大睡了。

女子趴在地上，一动不敢动。半晌，她听见包永明的呼噜声，悄悄睁开眼睛，发现没事，便抠出墙上的弹头，撒丫子跑到公安局报了案。公安局一检查弹道，发现正是当初失踪的贾主任所配枪支的子弹，他们立即以非法持有枪支罪拘留了包永明。公安人员凿开包永明家的西厢房水泥地，果然看到贾主任的尸体藏于泥土中，由于封闭严实，竟一点没有腐烂。

这是一桩无可争议的故意杀人案，也是罕见的黑社会团伙犯罪大案要案。经审理，哲里木盟中级人民法院判处包永明死刑，立即执行，很快得到了内蒙古自治区高级人民法院核准。就在召开宣判大会的前一天，却得到内蒙古自治区高院电话通知——此死刑犯暂缓执行。

原来，包永明的父亲不惜重金，四处活动，到北京请了一位著名大律师给他儿子辩护。大律师很有办法，抓住了此案程序的几个不规范之处，通过关系反映到了全国人大常委会某位领导案前。这位领导接到告状材料，在死刑令下达的第二天，联系最高法，要求暂缓，了解一下情况。最高法院认为这个案子已经下了死刑令，而且证据确凿，不该临时改动，也很为难。最高法不能下令终止执行，便打电话告诉内蒙古高院暂缓执行。根据法律规定，死刑令下达以后有七天的执行期，可以在第一天也可以在最后一天执行。哲里木盟法院决定召开万人公审大会，在最后一天执行，目的是震慑社会上的潜在犯罪分子，谁知客观上给了包永明家人活动的时间。

时任内蒙古高院分管刑事审判的副院长后来说："你打了个电话，连令也没有，我咋干预，这个事不对。"于是他就拖，他寻思第六天再打电话问毙了没有，如果毙了，就往上回话说已经毙了，没办法了。结果到第六天，这位副院长打电话一问，哲里木盟中级法院回答说："明天要开万人大会宣判。"副院长只好说："你们咋回事嘛，一个死刑令执行就完了嘛，拖这么多天？那就不行了，这个人暂时不能毙了。"

这一停下，哲里木盟中院就乱了手脚，布告都贴出去了啊，咋办？布告被废了，已经来不及重印了，就拿毛笔写了一张纸，盖上章贴到中院门口，又将其他四处张贴的布告用毛笔进行了修改。

此一举，引发了社会广泛愤怒。谁都知道包永明是个啥东西，不少老百姓和受害人家属在法院门前抗议示威，一时间形成事端。

到底是法大还是官大？

法庭之上，明镜高悬，清风自来，是非黑白，皆以法条为准绳，无论是谁，无论以任何理由，都没有权力干预司法。汤计在哲里木盟各界众目睽睽下，以最快的速度写了内参《没有执行的死刑令》，毫不客气地指责了领导干预司法的错误行为。当时乔石同志是全国人大常委会委员长，他原则性很强，很快就此案作了批复，依法执行了死刑令。哲里木盟老百姓心中的愤慨得以抚平，又一桩新闻事件到此为止。

十五、孩子，不该凋零的花朵

一

汤计爱孩子，爱到有点惯的程度。平常只要有空，他就要和自己的女儿们在一起。

2002 年 9 月 23 日那天晚上，汤计忙完了一天的工作，刚打开电视机，正在做功课的小女儿犹如一只轻盈的猫咪，几步跳到他坐的长沙发上，开始和爸爸撒娇嬉戏。女儿要看什么，爸爸就奉命调频道；女儿说哪个演员好看，爸爸就随声附和；女儿说哪个节目烂，爸爸就说："不看，不看，咱不看。"

爱芳说："汤计你一回家，这个小的就不学习了。"

汤计向小女儿做个鬼脸："六十分万岁。"

汤计从来不鼓励孩子拿高分争名次。他主张博览群书，触类旁通，反对死抠课本，经常在家里引导女儿们看《新闻联播》和《动物世界》之类的电视节目，和女儿们探讨课本以外的问题。他和爱芳说："只要阳光充足，有苗不愁长，啥是阳光，就是无忧无虑、快快乐乐的每一天。"

十九点，《新闻联播》开始，小女儿知道这个时候不可以打扰爸爸，她也安静下来。一家人看着电视，不一会儿，电话铃响了起来。

电话是丰镇的一个亲戚打来的。他的声音十分急迫："知道了吗，丰镇出大事了！"

爱芳赶紧把电视调到静音。电话里的声音立刻犹如一道令人惊悸的闪电，刷地布满了房间："二中放学的时候，学生们挤着下楼，楼梯塌了，死死伤伤好几十啊，救护车呜呜叫，担架上都是死孩子……"

汤计赶紧给乌兰察布市和丰镇市宣传部门有关人打电话。对方都在事故现场，他们一边哽咽，一边向汤计介绍情况。汤计的声音直发抖："我现在就报给北京，上边会帮助你们的。"

不到一小时之后，汤计带着他的学生张云龙，还有两位摄影记者奔赴丰镇，在将近二十三点时到达。还没有走进丰镇市医院的大门，他们就听到一片哭天抢地之声。什么叫五内俱焚，什么叫撕肝裂肺，就是失去孩子的父母在这一刻发出的声音！心太软的汤计，还没有下车就已经泪流满面了。丰镇医院的太平间，只能放下两个孩子的尸体，其他孩子的尸体，放到了病房里的床上。汤计一行走几步就会看见孩子们的遗体，用布蒙着脸，露出乌黑油亮的头发，女孩子的头上还有漂亮的蝴蝶结；看到一双双没有被遮盖的脚，穿着时尚的旅游鞋，好像刚刚奔跑过……病房里还有住院的病人，活人和死人、伤痛欲绝的父母、流着泪烧纸祭奠的亲人，乱成了一团。丰镇医院已经处于失控状态。

汤计赶紧询问确切的伤亡人数，工作人员回答："闹哄哄的数不清，刚开始说有 20 个，后来又有人说是 21 个。"到底有多少受伤的孩子？有一些孩子已经被送到大同市和集宁市抢救了，他们一时拿不出准确数字。清点中发现有一个丰镇郊区的女孩不见了，大家急得满医院喊她的名字，就是没人回答。这个女孩子实际上是死了，放在病房里的病床上。被打击懵了的爸爸，就侧卧在孩子的遗体旁边，一只手搂着孩子，两只眼睛直勾勾地看着他孩子的脸，就像搂着女儿在床上睡着了似的，一点儿声音都没有，连旁边的人都没有发现。

这个爸爸本来是接女儿放学的，一下子赶上了这场悲剧。汤计等一行记者也和工作人员一起寻找这个孩子，这悲惨的一幕，正好给他们撞见了。开始，他们以为床上躺的是一个受伤的孩子，一看孩子的脸，黑紫黑紫的，再一看她身边的父亲，大家才反应过来，吓得哎呀一声，哭着掉头就跑。他们找来医院的人，去劝慰那个父亲，把他的手从孩子的遗体上拿下来，他又伸过去。直到孩子遗体被车推出门，他才缓过来一口气，大喊："你们赶快给我娃打点滴啊……"

汤计知道了世上最大的悲伤，是没有声音也没有眼泪的。这个情景成了他埋在心里永远的痛。

刘书欣是刚刚入学二十天的学生，她清晰记得楼梯出事时的情景。下了课，全校一千多学生同时往外走。走廊里没有灯，黑乎乎一片，楼梯很窄，扶手不结实，大家前挤后拥地下楼，不知哪个淘气的男孩子怪叫了几声，像是鬼片里的声音，几个女生随之尖叫起来，大家不禁有点毛骨悚然，于是开始互相推搡。好朋友谭梅子在刘书欣右边，楼梯扶手一倒，她人就掉到二楼去了，刘书欣觉得自己的身体随着砸在了谭梅子的身上，随后又压上来好多同学，接下来就什么也不知道了。醒来，已经是在医院里了。刘书欣的二叔和家人闻讯跑来时，孩子们的遗体在大厅四根柱子下，分三堆停放着，家长都像疯了似的找自己的孩子，孩子的尸体用衣裳盖着脸，二叔见到女孩子就把脸上盖的衣服掀开来看，他寻找了近两个小时，才找到只剩一丝气的侄女。

当晚 10 时 20 分，汤计上报的消息得到中共中央政治局常委、国务院副总理李岚清批示，要求内蒙古自治区党委和政府尽一切努力抢救伤者，做好善后工作，尽快查明原因，并一查到底，依法严惩责任人。

自治区党委副书记、政府常务副主席岳福洪率领公安厅、卫生厅、教育厅、建设厅等有关部门的负责人，于凌晨 3 点 30 分赶到丰镇市，现场指挥抢救伤员、安抚死者家属及处理善后等事宜。

汤计一行，调查完这次事故的伤亡情况，已经是凌晨 1 点多钟了。作为老师，他一直硬撑着不暴露出已经崩溃的心情，有条不紊地安排记者们工作。到了宾馆，他才发现，其实自己浑身都在哆嗦，嘴唇被自己咬出了血。开完碰头会，汤计叫随行的记者各自回房间处理手头的照片和稿子。大家互相看看，没一个人动地方。记者们都还年轻，像在噩梦里走了一回，后怕极了。汤计说："不行你们就两人一个屋吧，快去吧，我也得休息了。"

汤计躺在床上辗转反侧，孩子们一张张淤青黑紫的脸一直在他眼前晃来晃去，眼看着窗外天一点点亮了，拿出手机一看，爱芳已经来过好几个电话。她惦记着丈夫，也是一夜未眠。拨通电话，听到爱芳的声音，汤计刹那间声泪俱下。爱芳劝慰着自己的丈夫，这个小汤计六岁的妻子，每当分担丈夫痛苦的时候，身上总是呈现出母性的光芒和力量。

第二天早上，汤计上厕所，听见有人在里面呜呜地哭，汤计以为又是一个伤心的父亲，连忙过去劝慰。谁知那哭着的人一回头，竟然是丰镇市代市长韩有山。1989年，汤计到丰镇调研体制改革的时候就认识这位山西老乡了。

这个刚刚走上代市长岗位的韩有山，实在承受不了这么大的压力了。面对21个死亡孩子、47个重伤孩子的家长，他不敢看他们的眼睛。但是他职责在身，必须尽快地拿出办法来处理这场危机。他显然也是一夜未眠，然而却手足无措。

在老朋友的跟前他也不掩饰自己的脆弱了："兄弟啊，可怎么办啊？帮我们出个主意吧！"

汤计建议："以最快的速度找保险公司赔偿，不足部分政府补贴，让死去的孩子尽快入土为安，让可以出院的孩子尽快出院，全力以赴抢救那些重伤的孩子。一定安抚好家属。"

韩有山饭也没吃，就组织相关单位开了联合办公会，想尽办法，当即给遇难家庭发了赔偿款。中国的老百姓淳朴厚道，一个死去的孩子补偿款只有七到八万，他们什么也没有说，默默地拉走了自己再也不会喊爸爸妈妈的孩子。

汤计一行留在丰镇，调查清楚了事故的原因。结论为这次学生伤亡事故是一场人祸。

事故发生地的楼道里，12盏灯中1盏没有灯泡，另11盏不亮。有人曾向校长汇报，校长没有及时处理潜在的安全隐患。在没有照明的条件下，放学时学校没有安排老师在楼梯口疏导19个班级的学生。学校违反国家规定，擅自安排学生们交费补课，延长一个课时放学。校长樊启严重渎职，当天校长应该带班却不在岗，在丰镇市春江饭店喝酒。事故发生后，学校老师给他打电话说学校发生重大事故，他却安排与其一同喝酒的副校长回去先看看，自己继续喝酒，知道出了大事故才返校。

丰镇二中一年前落成使用的新教学大楼，一层为商业门市房，二层三层为教室，全楼只有东西两个宽3.3米的楼道出口。按照设计容量，全楼只能容纳800多名师生，但丰镇二中违规扩招，使在校学生人数达到1509名。另外，这座教学楼未经验收就投入了使用。校舍一楼为商铺，火灾隐患无时不在。教学楼楼梯护栏使用的钢筋强度不达标。

在每一个问题的后面，汤计都默默问了一个为什么？他认为造成事故的直接原因后面，隐匿着复杂的深层原因，有官商沆瀣，行贿受贿，有上上下下的敷衍塞责，有教育界在金钱面前的失德等诸多问题，这不是一个丰镇二中的问题，也不是一条政令就可以迎刃而解的问题。

汤计建议当地教育部门搬迁丰镇二中，彻底排除安全隐患。随即写出了内部报道《楼上书声朗朗，楼下隐患多多》，经中央领导批示之后，中央财政拨款，扩大了丰镇其他中学的容量，将丰镇二中的学生全部安置进了其他中学。原丰镇二中校长樊启等事故责任人，也受到了法律的惩罚。

二

2013 年 1 月 11 日、3 月 25 日、4 月 2 日，内蒙古连续发生了三所中学名校尖子班的学生自杀事件。1 月 11 日自杀的孩子叫强强，是呼和浩特市 ×× 中学初一某"火箭班"的学生。

公安局的监控录像显示，2013 年 1 月 11 日 17 点，14 岁的强强背着书包从 11 楼跳下，书包里装着刚刚从学校领回的成绩和排名单。强强进入电梯，经过位于 3 层的家没有停留，直奔顶楼的 11 层，出了电梯大步走向楼层的窗口，登上窗口前的一条木凳一跃而下。现场的民警判断，从录像上显示的毫不犹豫的态度看，强强在回家的路上已经做好了思想准备。

强强是一个很乖的孩子，不是特别喜欢说话，也从不淘气。到学校上课，回家复习，终日两点成一线。一次一次的考试，父母和老师整日的耳提面命——考大学，上重点，占据了他所有的大脑空间，也成为他唯一的追求和支点。没有人告诉过他世界上还有许多美好的东西，都在成绩单之外。

强强的母亲撕心裂肺，搂着儿子不肯起身。十四年前来到人世间的这个小生命，是她生命的全部，保证孩子全力以赴投入学习是她至高无上的义务。她时时刻刻在为儿子操劳——吃好、穿好、学好、休息好。为了儿子离学校近一点，她曾在学校附近租钟点房，为了方便接送儿子上各类补习班，她省吃俭用买了一辆小车……半年前，她费尽心血终于把儿子送到了全市首屈一指的"名校"，谁能想到竟是送上了绝路。她悔恨不已地说，如果再给他们一次做母子的机会，她绝不会逼着孩子学习，绝不会让孩子非上"名校"不可，绝不会再抢走孩子周末时仅有的一点点休闲时光，让他背这个课文，记那个公式……

强强的同学们说，强强在小学学习挺好，进入初中分到了优秀生聚集、由名教师当班主任的火箭班，平时见他也挺用功，不知何因期末考试成绩一下就下降了，从年级的 290 名落到了 600 名，下降这么多，可能会被开出火箭班。老师劈头盖脸地训了他一顿，给他施加了心理压力，他信心崩溃，不再相信自己的智商，于是走上了不归路。

汤计的学生张丽娜先获知了这个噩耗。

张丽娜是汤计带的第三批青年记者之一，她年轻、柔弱，涉世不深，但是敏锐，责任心很强。她立刻向老师报告了强强的事情。她和汤计想到一起去了，认为这是一个代表当前教育普遍问题的典型个案，应该尽快报道，引起上级重视。

第一步，他们去了强强家所在的派出所，公安的结论果然是自杀。新华社有个重点栏目《新华视点》，影响力很大。如果强强的事情，能够通过这个栏目传播，势必引起广泛关注。可是，就在他们要到强强家深度采访的时候，正赶上强强的"头七"。11 日出事，18 日头七，强强要火化。在人家父母如此悲恸的时间，怎么去采访啊？但是《新华视点》是有时间要求的，那天必须发稿，不能延迟。都要到中午 12 点了，汤计一行还没有采访到家长，虽然他们有强强父亲的电话，但是实在是不忍心打扰这位悲伤的父亲。怎么办呢？张丽娜不打电话，她说，我不敢，我张不开嘴。汤计也很为难，可是不采访就无法写出确凿翔实的报道。汤计慢慢拿起手机，慢慢拨出了那个沉重的号码。他说："我是新华社记者汤计……"那个父亲很好，他知道汤计是谁，也知道汤计找他是为了什么……

汤计在电话里说："兄弟，我知道你今天上午在干啥，现在是最不应该问你这个事儿的时刻，恰恰我很需要问。我们要从强强的事儿入手，让全国的教育部门和全国的老师家长进行思考，都从中得到警示，以保护我们的孩子不再陷入悲剧，兄弟啊，咱们都是男人，坚强点，跟我唠唠吧……"

这个父亲很悲恸，也很理智。他说汤老师啊，实在有必要，一边哭一边给汤计讲述了强强的事情。电话调至免提，汤计提问，张丽娜紧急记录，采访结束，所有在场人员，全是一脸泪水。

汤计和张丽娜没有休息片刻，他们坐在办公桌前开始疾书，很快写出报道《孩子，一路走好——呼市一男中学生因考试排名下滑跳楼身亡》。悲情与忧思尽在字里行间："强强走了，满载梦想的校园里少了一个起早贪黑的苦孩子，长夜漫漫的孤灯下多了一颗支离破碎的慈母心，'考分至上'的祭台上添了一份价格昂贵的殉葬品。"

文稿发出之后，当天网上的跟帖简直铺天盖地。强强之死振聋发聩，让中国的家长和老师们受到棒喝，汤计和张丽娜的文章，一语中的，说出了中国中小学教育的隐忧。接着，汤计组织四位记者，全力以赴，开始围绕中小学教育进行深度调研。他们发现，以升学率和分数为主导的中国中小学教育，呈现出令人担忧的局面。

成绩排名打榜、火箭班、尖子生，状元披红挂彩游行等等五花八门的引导和造势，致使孩子们精神压力山大，校园内外，到处可见书包沉重，身体臃肿，脸上痤疮密布的花季少年。毛泽东倡导的德育、智育、体育全面发展，已经被世人忘到九霄云外，孩子们应有的天真烂漫全都被一个沉重的镣铐——考大学锁死。本来世界之大，条条大道通罗马，可是中国的孩子们，却只有高考这一条路，千军万马走上了独木桥。

一位女儿刚上一年级的母亲告诉他们，孩子三岁进幼儿园，中国话还没说全呢，就掺乎上了英语；很多家长反映，课改之后推出的系列教材与众多选修课内容庞杂深奥，加之中高考试题严重脱离教学大纲，围绕教辅材料出难题，使得我国推行十多年的中小学生减负未减反增。我国多数地区的初中开设了 13 门课程，中考时北京、上海、天津等地考 5 门，其余地区大多考 7 门或者 9 门；呼和浩特市学生家长赵志军说："副科中的历史、地理、生物、政治，4 门课合起来 120 分，他读初三的女儿要死记硬背 20 本书"；"全国百强名校"内蒙古集宁一中数学老师裴蓉说："普通高中数学 5 本必修课教材和 6 本选修课教材，收入了大学课程里的微积分、程序设计、正态分布、算法统计、线性回归等内容，高中生学起来非常困难，生活中还没什么用。"

有了调查研究，就获得了发言权，他连续伏案半个月，不断亮出真知灼见。1 月 20 号发出《中小学名师与名校怪象亟待治理》一文，4 月 27 日，在《新华视点》发表了《名师是怎样炼成的》一文，随后又写了《改变学校考核评价机制，全面推进学生素质教育》的建议，在发通稿的同时，将舆情发给了中央。

汤计一篇篇来自于一线调研的檄文，蓄势而发，搅动起中国教育波澜。

不久，国家最新教育大纲出台，汤计看过感到无比欣慰，他提出的批评建议，得到了采纳。

强强已经远去，中国孩子们应有的童年生活在慢慢归来。

十六、亮剑青城荆棘路

[作者随笔] 呼和浩特是蒙古语，意思为青城。青城，是一个多么好的名字啊，阳光熠熠，四野青青，人于芳菲，其乐陶陶。然而，青城的城市建设不能说完全乏善可陈，但长远眼光和审美品位不足，缺少有腐殖层的园林，缺少会呼吸的开阔地，尤其是中山路的繁华区段，看不出四百年古城遗痕特色，也缺少现代都市的便捷靓丽。莎士比亚说过，城市即人。中国已经大拆大建了三十年，如今留下的城市容貌，大都很直接地呈现出当时主政者的文化水准。而城市的治安、民生、经济等等更是这个领导班子执政能力的一种阐释。

在某同志和汤爱军执政期间，呼和浩特市连续发生了一批大案要案。

　　说荒唐，尽荒唐。一个浙江农村木匠的低劣骗术，居然使呼和浩特权力核心作出如此决策——炸掉市中心大半条街，包括刚刚使用四年的呼和浩特市公安局指挥中心大楼。到头来，却未见所谓西北第一楼的片甲辉煌，直接损失人民币五十余亿元，让全国人民贻笑大方。

一

　　汤计居于呼和浩特闹市，常穿一袭红色冲锋衣，抱朴含真，从容自若，四海之内皆兄弟，于无声处听惊雷，召之即来，来之能战。哪里有关乎国计民生的大事，他就会出现在哪里，他的心一刻也不会离开社会，不会离开自己的职责。呼和浩特发生的 CBD 神话，当然无法躲开他犀利的目光。

　　卷入小木匠王细牛导演的"西北第一高楼——金鹰国际 CBD"诈骗案的三位党政要员，即市委书记某同志、市长汤爱军、公安局某要员，没有一个汤计不熟悉，也可以说，每一个人都是汤计多年来在工作中结识的朋友。然而，大是大非面前，一切另当别论，私情绝不可以代替原则。

　　2001 年 2 月，一位自称是"郑泽"的港商，打着"香港金鹰国际集团股份有限公司"的旗号，与宁夏回族自治区政府签订了一个合同，称将宁夏宾馆建成宁夏第一座五星级酒店，总投资 30 亿元。后来，该项目变成了烂尾工程，即使宁夏政府给了金鹰集团以种种优惠政策，金鹰集团也只是勉强建起宁夏宾馆地面主体，无力进行后期建设。

然而到了 2005 年，"郑泽"又与呼和浩特市政府签下合同，称在城区商业繁华区建设"我国西北地区第一高楼"——金鹰国际CBD。楼高 169 米，建筑面积 65 万平方米，投资 53 亿元，两年建成。郑泽的"大手笔"被呼和浩特市政府高度重视，列为向 2007 年内蒙古自治区成立 60 周年献礼项目。为了保证工程进度，政府要求各部门要"特事特办"。随着一声闷响，呼和浩特市政府旧楼连同崭新的呼和浩特公安局指挥中心大楼一起轰然倒地。其他一些建筑也相继拆除，"郑泽"得到了呼和浩特市黄金地段中山西路的 50 多亩土地。

时间一天天过去，尽管获得了种种超常规的优惠政策，"实力雄厚"的金鹰公司却再无钱注入，"西北地区第一高楼"很快沦为烂尾工程。"郑泽"开始在呼和浩特民间从事非法集资活动，因而引起了媒体和警方的注意与调查。

"郑泽"原名王细牛，1958 年生于湖北孝感，1974 年成为农场木工，当地人都叫他"王木匠"。"王木匠"于 1984 年跳出农场闯荡世界，1998 年 9 月曾因涉嫌虚报注册资本被南京市警方刑事拘留。2000 年，"王木匠"往石家庄市迁了假户口，改名"郑泽"，年龄改小 11 岁。警方还发现"王木匠"有 6 个名字，每个名字都注册了一家公司。

2008 年 11 月，宁夏回族自治区高级人民法院二审宣判，王细牛因合同诈骗罪被判处无期徒刑、剥夺政治权利终身，并处没收个人全部财产。

"CBD 是什么意思？"警察问假港商郑泽。

"我也不知道是个啥，我秘书知道。""王木匠"如此回答。

"CBD"是现代都市中央商务区的英文缩写。"王木匠"不懂得它是什么意思，合乎一个骗子的逻辑，因为他抄袭这三个英文字母，本来就是在地摊上卖一个假古玩，用不着管它是玉还是石，只要有人买了它，自己就算赢了。

CBD是城市的功能核心，一般位于城市的黄金地带。中山路是呼和浩特市城区东西走向的主干道，其中心路段就在原市公安局、呼和浩特市政府、民族商场、新华社内蒙古分社等单位门前穿过。从城市发展和疏导交通的角度看，这个地段不具备大拆大建的条件。如果金鹰CBD真的在这个位置建成，每天将激增十几万人和大量的车辆出入，而建筑设计又紧靠马路边，市中心的交通必然瘫痪，那将是一场人为的灾难！另外，当时呼和浩特市区人口只有110余万，建这样一座巨大的水泥航空母舰，其经济文化发展不可能与之匹配，到时候谁来收拾这个空空荡荡的烂摊子？

二

关于"王木匠"的种种欺诈行为，逐渐在社会上传播开来。在接到呼和浩特市一些公务人员和市民的举报之后，新华社内蒙古分社立刻向总社社长田聪明、总编辑何平、副社长周树春做了汇报请示，三位领导要求内蒙古分社履行职责，分社党组决定由分社社长吴国清挂帅，汤计牵头，带一名实习记者负责调查此案。

2005年，汤计经手的呼格吉勒图冤案重审，由于种种原因，未能顺畅推进。有人在期盼着汤计的那支笔，也有人诅咒着汤计的那支笔，对于这些，汤计心里明镜一般地清楚，他做好了各种自我保护预案，毅然踏着地雷阵前进。就是在这种情况下，他受命开始调查呼和浩特市"国际金鹰CBD"一案。

一连几个早晨，汤计特意来到被炸倒的市公安局和呼和浩特党政大楼废墟边上，边走边看，边与稀稀拉拉的施工工人聊天。新华社记者开始调查金鹰国际CBD的消息不胫而走，人们以各种心态注视着事情的发展，有的想看看新华社如何下笔，收拾掉"王木匠"；有的不露声色，想看上了贼船的呼市党政领导如何下贼船；有的挖空心思算计如何抵制阻止新华社的调查；有的虚与委蛇，试图给自己解套……现在，汤计和老搭档吴国清，等于公开地站在了各种社会力量博弈的风口浪尖上，汤计索性就出现在第一现场，高调亮剑——我汤计无所畏惧，认定的事情一定去做，做到底。

一阵阵裹挟着废墟沙尘的风，在汤计的脚下盘旋。

汤计的调查是以聊天的方式开始的。呼和浩特市头头脑脑的人物大都闪烁其词，和主要领导统一口径。一般干部职工，说了一些真话。

"这个开发商实力行吗？"汤计问道。

有人说得神乎其神："当然了，包着新城宾馆的总统套房一宿八万，坐着加长版凯迪拉克，一顺水的黑西装保镖，老板给客人拿出烟，咔嚓一声，后面的打火机就点着了，跟电视剧里演的一样……"

也有人不屑一顾："哪有刚打地基就预售楼盘的，看样子这个CBD缺资金。"

无论何时何地，好干部是多数。"王木匠"尽管有人撑腰，汤计的秘密调查一启动，压抑已久的呼市各委、办、局的负责人就都把问题捅出来了，使他得到了很多重要的问题线索和相关证据。

原来的现代化指挥大楼被炸之后，呼和浩特市公安局的主要业务处室分十九个地方租房子办公，打击犯罪和维护治安的功能失灵，机构内部的矛盾和缺陷显现，公安干警违纪违法显现大幅增长。呼市公安局的某要员当然不肯把这些告诉老朋友汤计，但是他的部下不给他留面子，把真实情况披露给了汤计。另外，已掌握了王木匠犯罪线索的内蒙古公安厅打击经济犯罪大队，迫于当时政治环境的压力，正愁着无法把这件案子办到底呢，得知汤计正在调查此事，他们非常高兴，直接把手中的相关证据和线索提交给了新华社。

三

事实清楚，证据在手，吴国清和汤计，很快写出了内参初稿，准备上报中央，以阻止这桩给国家造成重大损失的诈骗案继续发展。一天，汤计正坐在电脑前修改稿件，吴国清社长的电话打了过来："汤计，你到我这里来一下，快点。"吴国清社长是新华社高级记者，也是汤计业务上的老搭档，为人端正，成熟老练，此时略显着急。

原来是呼和浩特市市长汤爱军紧急约见吴国清，已经在来新华社的路上了。

汤爱军会说些什么，吴国清和汤计不用想都知道。问题是如何利用这个机会，劝说呼和浩特方面赶紧配合调查，厉行纠错，回归正确发展轨道。吴国清和汤计商量了一下，决定坦诚相待，直言不讳。一旦说不通，就顺便进行一下深度采访，掌握更多的案情和证据。他们当即根据自己所撰写的内参初稿，设计了几个需要采访的重要话题，开启了录音录像设备。随即汤计退出，汤爱军到达。

果然不出所料，汤爱军振振有词，强烈要求新华社内蒙分社停止调查金鹰国际 CBD 案，并以向自治区成立六十周年献礼为由，要求新华社内蒙分社不要干扰呼和浩特市的工作，在他看似平和的言谈之中透出执拗，没有接受吴国清建议的意思。

吴国清无奈之下，开始向汤爱军询问他和汤计拟定的问题。

原来，呼和浩特市委市政府领导是经由一个非官方的媒体记者介绍认识的"郑总"，而对金鹰公司实力的认定，居然无异于"一宿八万""加长版凯迪拉克"的街谈巷议；关于金鹰公司在宁夏六年没有建起来所谓 CBD 航母——宁夏宾馆，社会集资和预售楼盘不能兑现，受骗群众上街静坐的前科，汤市长的解释是他们到宁夏考察了，宁夏回族自治区给了优惠政策兜底；关于呼和浩特公安局指挥大楼的重建问题，汤市长说走了嘴，原来金鹰公司根本无力兑现合同，用地、拆迁的费用都是呼和浩特市政府垫付的。

堂堂首府的一市之长，党培养多年的高级干部，竟然如此胸无法度，满眼黑白混淆。政策水平哪里去了，法治观念哪里去了，经济常识哪里去了？或许从来就没有过，或许早已在贪功冒进的心态中被急迫的欲望覆盖了。

话不投机，不欢而散。吴国清依然礼貌地把汤爱军市长送到一楼，目送他走出洞开的大门。阳光打在汤爱军的身上，他步履缭乱地走过门口的红地毯，显得有些怅然若失。外面，微雪薄霜，他上了车，一关车门，远去了。

汤计和吴国清很快修改了初稿，于2006年12月10日发出了他们的第一篇内参《呼和浩特市金鹰CBD建设项目涉嫌诈骗风险和隐患》。这篇报道，厘清了呼和浩特金鹰CBD建设项目涉嫌诈骗的来龙去脉，揭露了伪港商的真实身份，也指出了明知实情的呼和浩特市委市政府还在给"王木匠"大开绿灯的错误。此文引起了党中央和自治区领导的重视，但并未让执迷不悟的呼和浩特市政府采取行动终止与"王木匠"的合作。"王木匠"的诈骗活动仍在持续。

看到呼和浩特方面没有任何悔改之意，在十八天以后，汤计和吴国清又发出了第二篇揭露"王木匠"行骗的报道《呼和浩特市政府替开发商堵窟窿引起干部群众不满》：

市公安局指挥中心大楼是2002年底建成并投入使用的。有知情人士说，当年盖楼时拖欠的工程款，至今还有四千万元没还清。爆破前，市政府向全体市民发了《通告》，说这两幢大楼（包括原市政中心办公楼）拆毁后，计划投资53亿元，建成169米高的西北地区第一高楼——金鹰国际CBD工程，并由金鹰国际集团投资1.5亿元给呼市公安局建一座15层的新指挥中心大楼。记者了解到，原指挥中心大楼装置有卫星接收系统，与全国联网，能对全市主要路口24小时监控，可以随时获得所需信息。现在，一下炸回到了落后状态。时近两年了，开发商承诺的新建公安局指挥中心大楼无力兑现，市政府竟大度地替开发商承建公安局大楼。这种政府替开发商堵窟窿的行为，引起了当地干部群众的不满。

呼市公安局回民区分局时任副局长反映，2005 年 7 月 22 日下午 4 点多，金鹰国际集团的老板郑泽和两个保镖在首府广场下面步行，其中一个保镖由于抢道，被急于上班的饭店配菜员的自行车碰到了腿。保镖把这个小孩拉下来就打。值勤民警上去制止，郑泽就和民警打起来。我跟郑泽讲，我们是回民分局的干警，我是副局长，正在执行一级警备任务，等车队过去之后咱们再说。他出言不逊，说要免了我的职，还打了我一拳。因为首长的车队马上要过来，我让民警把他们带到中山西路派出所。没想到这么一件正常执法的小事，不到半个小时，市局的两个局领导来了。过了一个小时，连市政府的分管市长也来了，反成了公安执法人员的不是。

这篇报道发出去以后，引起了上至党中央、国务院，下至地方政府的高度重视。公安部直接挂牌立案，组成专案组。2007 年 1 月 27 日，呼和浩特市政府决定解除与"王木匠"的合作协议。

四

在将"王木匠"绳之以法后，广大群众要求对案子进行彻查。这时候，公然的恐吓出现了，说起来十分可笑，恐吓新华社记者居然由呼和浩特市市长助理、公安局某要员亲自出马。某要员出面，请吴国清吃饭，吴国清把得到邀请的事情告诉了汤计。汤计说这是鸿门宴，你要小心点。老吴说，光天化日之下我倒要看看他们如何表演。

吴国清这位不喝酒不抽烟的客人，让请客的某要员很难受，席间，吴国清只有微笑，没有一句放宽政策的表示。某要员手足无措，恼羞成怒，就在送吴国清回家的车上，他突兀而生硬地冒出一句："告诉汤计，再瞎写，我把他抓进去。"

吴国清什么大风大浪没有见过。他冲冠一怒，大喝一声："停车！"

下车之后，他挺直身板，目光炯炯地面对某要员，声音不大，却字字清晰有力："还是让我来告诉你吧，你动汤计之日，就是自己完蛋之时！"说罢，转身而去，披一身皎洁月光，携两袖清风。

一个党培养多年的副厅级要员，竟做出如此狂妄之举。一说明其内心的肆无忌惮，"想把谁送进去，就把谁送进去"的事情于他来说，最起码已经见过；二说明此人缺少见识，不知道新华社记者的厉害；三是这位要员政治上极不成熟。他并非职业警察出身，很不适合所担当的这个职务，在呼和浩特这样复杂的环境中，依然花拳绣脚，难免终日焦头烂额，只好用刚愎自用来维持自己的颜面，越是这样，到头来越是被动。

汤计和吴国清的想法完全一致——泰山压顶不弯腰！他们根据人民群众的强烈要求，写出了第三篇调查报道《内蒙古一些干部群众要求对呼和浩特金鹰 CBD 的问题依法进行彻查》：

连日来，内蒙古自治区一些部门和厅局的领导、呼和浩特市的一些干部群众纷纷以打电话、写信、举报等方式向新华社内蒙古分社反映，目前呼和浩特金鹰CBD问题的处理与中央领导的要求和群众的期盼距离较大。自治区将呼和浩特市的问题交给呼和浩特市来解决，而呼和浩特市主要领导却把问题交给所谓的金鹰国际集团来解决，这些应对措施"不切实际"，还"有大事化小、轻描淡写的嫌疑"。

自治区政法部门的一些干部群众反映，呼和浩特金鹰CBD的建设问题，从决策到建设过程，违法犯罪问题明显，犯罪证据充足，政法机关包括公安部都早已关注，而迟迟不能动手，关键问题就是涉及某省级领导，涉及地方领导缺乏科学发展观的盲目政绩追求。这些问题，只有上级机关介入才能有效解决。

呼和浩特市一位中层干部在来信中算了一笔账：金鹰国际集团在没出一分钱的前提下，强拆了价值1亿元的呼和浩特市公安局大楼（不包括近五千万元的公安科技设备）、价值1亿多元的市政府旧办公楼，市政府垫付了至少六亿四千多万元，国有资产就这样白白流失，而且，其中不少挪用的是市里的公用和事业资金，这么严重的问题呼和浩特市怎么会自己查处自己？

税务部门的同志反映，按照国家税法规定，金鹰CBD应交纳建筑税1.85亿多元，而事实上只交了不足1500万元。就这么点建筑税，市政府也是先征后退。不仅违反国家税法给开发商这么优惠的政策，还虚增了财政收入，深层次的问题是什么？中央有关部门应该深查细究。

呼和浩特市公安局有关负责人和内蒙古建筑系统的一些专家认为，关于要求金鹰国际集团出售银川市现有的烂尾工程宁夏 CBD 中心、写字楼、商场、金鹰国际村，把资金转移到呼和浩特市盖大楼的对策，是一个欺骗自治区和中央领导的措施，金鹰国际集团在宁夏的楼盘，地是政府的，资金基本上是社会集资和建筑企业垫款，开发商只是个皮包公司，怎么能卖掉后将钱拿到呼和浩特来？

　　呼和浩特市委一位干部反映，2005 年 1 月 5 日下午，呼市某主要领导同志在全市副处级以上干部会上通报金鹰国际集团的问题时，只是轻描淡写地说，郑泽（真名王细牛）的性格特别古怪，不爱贷款（实际是资信差，银行不给贷款）、不懂抵押。郑泽有两大毛病，一是脾气不好人品一般，周围的人很难和他合作，导致他唱独脚戏；二是宏观决策水平不高。某同志甚至还说，前两天上面的一位领导给我打招呼，让我给郑泽宽限几天。我们商量了一下，宽限期定在春节前后。金鹰 CBD 听起来很复杂，但是呼市不会损伤一分钱……凭我们的智商是不会受骗的。"明明受骗了，损失很大，还在掩耳盗铃。"这位干部忧虑地说，当时参加会议的干部，发出一片哄堂大笑。某同志满脸通红，不知有何感想。

　　在 2006 年 12 月 31 日。为防止在案件办理过程中出现只办刑事案件而忽略职务犯罪的情形，汤计和吴国清写出了第四篇报道《呼和浩特："木匠"演绎的"西北第一高楼"神话破灭 广大干部群众要求彻查责任人》，将重锤砸在了职务犯罪上——

> 呼和浩特市公安局一位老干警说："呼和浩特市领导为追求政绩，一意孤行，严重浪费纳税人的钱财，给国家和群众造成重大损失，在社会上造成这么大的丑闻，应该依据领导干部问责制追究有关领导的责任。"呼和浩特市建设部门一位老同志认为，金鹰CBD神话破灭和"郑泽"被抓，仅仅是金鹰CBD问题的冰山一角，应该深究深层次的问题。

2008年8月，经过一年半时间的侦查，公安机关正式将"金鹰CBD"案件移送检察机关准备起诉，汤计与吴国清应邀进入公安部经侦局北京总队的办案基地，通过调阅办案副卷对"王木匠"诈骗案进行全方位采访。于2008年9月8日、15日、17日连发《"金鹰国际集团"合同诈骗宁夏内蒙古两地政府案宣判》《"金鹰公司"合同诈骗案的成功侦办为新时期打击经济犯罪提供了经验》《王木匠诈骗两地政府案留下多少警示和思考》三篇深度报道。

接着，汤计对此案案情进行了扼要梳理，写出《"神话"的破灭——"王木匠"行骗记》一文，公开报道了这一案件，为全社会的政治经济生活提供了一份反面教材。

汤计在这些文章中，不仅全面准确地报道了"王木匠诈骗案"从炮制到破灭的整个过程，也分析了此案的产生原因，一语中的，剑指体制内一些官员身上的致命伤。

　　王细牛和金鹰公司违反了合约，呼市政府想请海亮集团托盘，与王细牛谈判解除合同时，王细牛以"坚决不退出"为砝码，要挟呼市政府至少"补偿"3000 万元。为了摆脱王细牛和金鹰公司，呼市政府居然答应 5 天内给其划拨 3000 万元。

　　面对整个社会的质疑声浪，许多已经中标的建筑企业开始退却。王细牛请建筑单位领导到内蒙古饭店金顶大帐吃饭，还邀请了呼和浩特市某位领导亲自出面作陪。席间，这位领导拍着王细牛的肩膀说，小郑（当时王细牛叫郑泽）是很有实力啊，你们怕什么？结果，许多施工企业因此被骗。

　　检方指控，王细牛在呼市骗了中建三局装饰公司、中国国安科技上海通用机械（集团）物资公司等 25 家投标单位 4688 万元投标、履约保证金，还骗了中铁十七局、中建八局、江苏华建等 6 家施工企业的垫资款 2.2 亿多元，江苏华建呼市项目负责人说："我不承认华建上了'王木匠'的当，我们是上了呼市政府的当！"

平日里趾高气扬的官员为什么在一个小木匠面前如此摧眉折腰？原来被人家抓住了七寸。

　　犯罪分子王细牛供称："我的定律是，抓住一个政府领导的弱点，我就能搅动一座城市。"

一些领导爱"攀富结贵"，"王木匠"就骑着"大象"招摇过市。到呼和浩特市"投资"时，他的表演秀可以说到了极致……

一些领导喜好做"大事"，王木匠就在"大"字上做文章。在银川他一张嘴投资36亿元，在呼和浩特涨到53亿元，做的项目更玄，又是"第一高"，又是"CBD"，这叫抱大领导打大旗号发大财。

一些领导喜欢商业名人，"王木匠"就给自己罩了一身光环。中国房地产领先企业、中国房地产百强企业、中国建筑行业信用AAA级单位、中国优秀工程、西部开发杰出贡献奖……王细牛花钱买了70余道光环罩在自己身上。

一些领导顾忌面子，"王木匠"就先把他们引上一条贼船，再同舟共济。他抓住一些领导急于出政绩的心理，以"大项目"吸引领导上钩，再以"大破坏"把领导绑上一条战船，不由你不听他差遣。

这九篇精彩的新闻稿件，层层剥茧，徐徐渐进，直将社会沉疴痼疾大白于天下。现在已经成为大专院校的新闻学教材。

虽然金鹰CBD工程神话被汤计和吴国清击碎，浙江海亮集团全方位接盘，在原来的位置上建起了海亮广场，呼和浩特市政府踉踉跄跄地下了台阶，但是这一件公案似乎并没有完全结束。汤爱军一案进入司法程序之后，读者或许会了解到"王木匠"诈骗案中更多的秘密。什么事情都无法回避时间的拷问，如果说时间是一条线，历史是一面明镜，那么无论是谁，都必须在这条线上走下去，最终被历史看得清清楚楚。

十七、九年匡正呼格案

[作者随笔] 由于我和助手乌琼是第一次去呼格吉勒图家，呼格吉勒图的大哥昭力格图到小区门前接我们。这期间他来过两次电话。电话里传来他十分诚恳的语气："哦，哦，老师们找不到，就在那儿等上吧，我过去，我过去……"

这是一个自知自重的人家。

在饱经十八年苦难之后，你丝毫看不到这个家中有一丝潦倒，也感受不到这个家中有什么怨懑之气。房间不大，也就五十平米左右，放着几件廉价的家具，但是窗明几净，一尘不染，到处整整齐齐。我注意他们家熬奶茶的铝锅，没有一点煤烟油渍，揩拭得雪亮。他们家的大人孩子，穿得虽然简朴，却是干干净净。他们并不富有，但是恪守着蒙古族古老的礼仪——倾其所有来待客。听说我们要到来，尚爱云特意出去买了杏子、香瓜，煮好了醇香的奶茶。

我一开始不敢答应写汤计的故事，最害怕的一件事情，就是见呼格吉勒图的母亲，我想任何心怀母爱的女人都会和我一样，不敢去直视一个失去孩子的母亲的眼睛，不敢去听那些令人肝胆欲裂的讲述。果然，即使是儿子已经走了十九年，即使他的冤魂终于被昭雪安抚，但是一个母亲破碎的心，仍然在流血。在尚爱云流着泪的讲述中，我强迫自己冷静，偶尔溜号片刻，以缓解情绪。我了解自己，如果不这样，最终我会和尚爱云一起抱头痛哭。因为我的采访，让这个悲伤的母亲再一次大恸，总是不好。正是这个溜号，让我观察了呼格吉勒图的大哥昭力格图。

昭力格图把我们带到他家，他父母跟我们说话，他像个闺女似的，默默给我们端来刚刚熬好的奶茶。

昭力格图这个当时只有二十岁的大哥，在二弟呼格吉勒图出事的时候，一夜之间由不谙世事的孩子变成了大人，担起已经完全崩溃的父母不能承受的一切。在昏天黑日的刑场上，他紧紧闭上眼睛，不敢看，不忍看，却听到自己那一奶同胞的弟弟，声嘶力竭地喊着："我没有杀人，我冤枉，救救我啊……"而后是五声冰冷的枪响。被推到黄土飞沙中跪下的弟弟，饮弹而倒，又被无情地追加了第二枪。当他冲上去的时候，弟弟的血还没有流尽，滚烫滚烫地粘在他的手掌上，就像儿时哥俩儿牵手回家时那样紧紧地拽着他；弟弟的眼睛不肯阖闭，透露出的那一丝眼神正对着他，清澈，哀伤，倒映着天上的阳光。作为哥哥、作为长子的昭力格图，此时此刻必须憋住胸腔，憋住泪腺，大气都不能出一声，命运太难为这个孩子了！但是他做到了——冷静地打开事先准备好的黄色塑料袋，把弟弟的遗体装进去，然后，默默地随着那台破旧的灵车一路颠簸，送弟弟到不归路的尽头。他告诉我，从那一刻开始，天崩地裂一般的梦魇，日日夜夜跟随着他的脚步，挥之不去，摆脱不掉。

谁能知道，昭力格图的青春时代是怎样度过的——出门是一束束轻蔑的目光，回家是无边的哀伤，考学、找一份体面的工作，甚至走进购物中心喜欢啥买点啥、放开嗓子唱一首歌这种短暂的愉快都不属于他。他仅仅比失去的弟弟大一岁，青春之花刚刚开放就陷入了冰天雪地，他不知道什么叫孤独，什么叫寂寞，仿佛人生就应该如此这般终日默默无言地看着别人欢天喜地。他必须习惯一个"忍"字。

谁能知道，从1996年呼格吉勒图被错判死刑，到2005年真凶赵志红出现，九年间李三仁和尚爱云这对老夫妻是怎样忍辱负重、含血带泪地过来的；谁能知道，从2005年开始为儿子伸冤，到2014年终于看到了青天白日，他们遭受过多少精神和肉体上的伤害？家中的小孙女乌兰天真无忌，每一次爷爷奶奶出门归来，她扑到奶奶怀里的

第一句话，总是这样说："奶奶，他们又打你了吗？"过年，当孩子们都在期盼着五花八门的礼物之时，小乌兰的愿望竟然是："奶奶爷爷别总哭。"

就是这样饱经苦难的一家人，在他们的精神世界中，却蕴藏着一种当今时代十分稀少的高贵和端庄。2014年12月5日，呼格吉勒图一案重审征求家属意见，李三仁和尚爱云什么都没有说，就写下一句话："请求法庭依法公正、公平地判决。"一向冷静的办案法官王学雷看着这个渴望至极、纯粹至极的诉求，久久地沉默着，眼泪已经在沉默中溢出眼眶。

在法院已经开启重审的节骨眼上，李三仁和尚爱云这对一直生活在底层的草根老夫妻，并没有拘于一己得失大造声势，他们坚决地回绝了很多国外媒体的采访，他们说，这是我们国家自己的事情，我们家自己的事情，你们就别管了。

在2014年广东电视台的电视节目中，昭力格图回忆了弟弟被错杀的惨状，泣不成声，但是当主持人问他："如果法庭宣布你弟弟无罪，你的诉求是什么？"他给予了这样的回答："希望公检法以后不要草率办案。"主持人又进一步追问："你们就没有别的要求了？"沉默些许，昭力格图说："就这些。"

内蒙古高级人民法院按国家法律规定给他们家的赔偿金，总共2,059,621.40元，除了给呼格吉勒图修墓地，他们至今没有使用其中的一分钱。

有什么样的父母就有什么样的子女，每一个家庭都是文化的载体，文化在家庭里就是一代代留下的习惯。李三仁和尚爱云当年在草原落户，生下两个儿子，放牧过羊群，开垦过荒野，无论生活多么艰辛，他们恪守出发时的誓言，只想着扎根草原一辈子；后来国家让他们回城当工人，他们就把自己的一切交给了厂子安排；改革之时需要他们下岗，他们就无怨无悔地回到家里，无论外面发财致富的大潮多么热闹，他们满足于勉为温饱的工资，始终踏踏实实地过着日子。他们觉得一切都理所应当，不逾矩，不破格，安分守己是他们家的习惯，是他们家的文化。他们家的任何人都没有过与犯罪这两个字沾染的前科。

　　我这样认为，呼格吉勒图如果没有死，他会按着这个家庭给予他的教养长大成人，也许他的性格会和哥哥、弟弟有所不同，但绝不会也没有胆量去做什么伤天害理之事。他之所以发现了厕所里的女尸时坚持要报案，正因为他的思维一直在自小家教的道理上前行——白的就是白的，黑的就是黑的。他很坦然，被警察带走时还告诉伙伴闫峰："别害怕，说清了，就回去了。"

　　他的世界天塌地陷。因为事先只有人告诉过他这个世界的明朗，没有人告诉他这个世界的罪孽深重。可怜的孩子，你太单纯、太幼稚了。

一

2005 年初冬的一天，汤计正在通辽出差，接到单位资料室的一位同事的引荐电话，接着李三仁和尚爱云也和汤计通了话，向他反映了呼格吉勒图一案的情况。

1996 年 4 月 9 日晚上，李三仁的二儿子呼格吉勒图上夜班，吃饭的时候，他和工友闫峰一起喝了点小酒，分手后，他在回家取钥匙的路上，上了一趟厕所。当时，他可能趴着墙缝看了看，发现里面有个躺倒的女人，在那一丝酒劲的驱动下，他进了女厕所，想看那女人是不是死了，当然，也不排除他用手触动了一下那具尸体，总之吓得心惊肉跳往回跑，回到车间就把这件事告诉了工友闫峰，并拉着闫峰一起到厕所看了看，确认了那就是一具女尸，然后他们一起去报案。呼格吉勒图跳过马路隔离栏杆，走在前面，生怕闫峰抢了先。在这个过程中，有一个懵懂少年的无知，也有一个性朦胧男孩子的好奇。然而在报案的时候，他却遭遇了警察怀疑的目光，震慑之下，他变得语无伦次，就这样被警察扣下，他所说的每一句话都被渐渐演绎成了审讯者期待的罪证。

警察于当晚 22 点，把闫峰从厂子里带走，将他和呼格吉勒图用一辆车送往新城区公安局。到了新城区公安局，警察把呼格吉勒图和闫峰分开审讯。闫峰听见隔壁的房间里传来家具挪动的声音，每挪动一次，呼格吉勒图就惨叫一声。闫峰被几个警察审问到凌晨两点多钟。闫峰说呼格吉勒图是他的好朋友，是好人，警察却告诉他："呼格吉勒图已经招了，就是他干的，你再为他说话，就是包庇，就会重判！"审问反反复复，警察一个劲儿地让闫峰回忆呼格吉勒图干过哪些坏事，闫峰被固定在审讯椅上，又困又怕，实在熬不过去，他只好跟警察说呼格吉勒图和自己开过黄色玩笑，看过黄色录像。审讯就这样结束了。

第二天早上，闫峰被警察放了出来。在警察开门的一瞬间，他看见呼格吉勒图半蹲着被铐在暖气管子上，头上戴着一顶白色的摩托车头盔。

呼格吉勒图善良厚道，曾经给予了家境困难的闫峰许多关怀和体贴。呼格吉勒图的妈妈对待闫峰就像自己的儿子一样。这些经历使闫峰背上流血的十字架，十八年不得解脱，至今也没找对象，过着孤寂贫寒的生活。

就在呼格吉勒图被带到公安局48小时之后，警方作出结论，呼格吉勒图是一个流氓杀人犯，他在女厕所对死者进行流氓猥亵时，将其掐脖子致死。

当年6月5日，也就是在案发57天之后，内蒙古高级人民法院和呼和浩特市中级人民法院作出呼格吉勒图犯流氓罪、故意杀人罪的判决。

5天之后，呼格吉勒图被执行死刑，一个仅有十八岁的无辜生命，结束在法律的名义下。

时隔九年，大地上的冰雪融化了九次，草原上的花朵盛开了九次，呼格吉勒图母亲和父亲心中的伤口一直不能愈合。他们日夜苦思冥想，还是不能相信自己一滴奶一口饭喂养大的孩子能做出如此邪恶歹毒之事。一定是搞错了，一定是搞错了！可是公安局错了，检察院错了，难道法院也错了，两级法院都错了？李三仁愁白了头，一口牙齿很快掉光，尚爱云每天泪水洗面，成了一个形容枯槁的病人。但是他们一刻也没有放弃希望，虽然他们的希望就像天空上的云朵一样，那么缥缈，那么遥远，那么不可追寻，但是他们没有放弃，日日夜夜向蔚蓝的天空仰望着。

2005年10月，李三仁和尚爱云突然听到了如雷贯耳的消息——警察带着一个重刑犯，到当年那个女厕所的位置上，指认作案现场来了！难道苍天有眼让当年作案的真凶现身了！一位好心的邻居来告诉他们这个消息，老两口听得心怦怦跳。第二天一早，他们就来到了呼和浩特市赛罕区公安局，从此踏上了为儿子伸冤的漫漫长路。

被带来指认现场的罪犯叫赵志红，是一个强奸杀人惯犯。他落网之后交代，自己曾经作案27起，其中包括"4·09"女尸案。

李三仁和尚爱云来到呼和浩特市赛罕区公安局，这个公安局是新建的，已将当年办案的新城区公安局的一部分并入其中。赛罕区公安分局表示无可奉告，让他们到呼和浩特市公安局问询。市公安局的主管副局长好像很忙很忙，他一边摆弄着手机，一边回答这老两口："这个事情别找我，我不知道。"

李三仁一家的亲戚中，只有呼格吉勒图的表哥、玉泉区文体局局长哈达是见多识广的官场中人，他给老两口出了个主意——打官司，用法律争取公正。老两口一听，说，对。咱们家虽然穷，但就是卖房子、喝稀粥，也要找最好的律师，为二子伸冤！二子是呼格吉勒图的小名，九年之中，这个家，没人敢提"二子"这两个字，现在为二子伸冤，是全家人每一分钟都在苦苦思索的问题。

见到何绥生律师，他们就像在茫茫雪原上徘徊已久的牧人，终于看见了一座蒙古包那样充满希望。他们打开苦难的内心，向何绥生陈述了案情，然后双双跪在了何律师的面前，哭着请求何律师帮他们为可怜的儿子找回清白。

何绥生律师执业多年，是一位有经验的律师。经过多方打听，他得知这个案子案发62天就完成了定案审理和执行的全过程，快得有些匪夷所思，难保没有缺陷。另外，他得知支撑该案成立的证据只有被告人的口供，而且这份口供十分简单明晰，用律政界常用的说法叫"干净"，经常接触案件的律师有一个共识，往往口供越是"干净"，就越有问题，说明口供已经被人修改过多遍了。他明白自己办不成这个案子。时隔多年，此案一审二审的法官都已经被提拔成了领导，公安局的办案人员也早已立功受奖，如果打翻案官司，等于把自己放到了公检法的对立面。他思前想后，给李三仁老两口提了个建议："这个案子要想翻过来，走正常的申诉程序似乎办不到，靠律师的力量也办不到，唯一的途径是找媒体。找一般的媒体也很难办成，在呼和浩特，只有找新华社内蒙古分社记者汤计，还有一线希望。"

汤计和司法界打交道多年，经验和专业知识不亚于一个职业司法工作者。他和何绥生的第一直觉一样——这个案子有问题！他见到李三仁老两口，听了他们的陈述，虽然并没有表示什么，但是他的内心已经无法平静。一案两凶，说明啥？说明肯定有一个是冤枉的。赵志红是惯犯，呼格吉勒图没前科，谁作案的可能性大？当然是赵志红。

他嘱咐李三仁老两口："第一，回去该吃吃，该睡睡，不要把身体哭垮了。第二，你们要注意安全，行踪保密。"

汤计向分社党组汇报了这件事。分社领导认为此事人命关天，案情重大，支持汤计进行采访，抓紧报道，认真履行新华社记者的职责。

随即，汤计一个电话打到了呼和浩特市公安局副局长赫峰处，了解到"4.09"女尸案确实出现了另一个凶手，就是前不久落网的连环强奸杀人犯赵志红。这个残忍的罪犯曾经作案27起。他知道自己所犯的是死罪，可能是为了争取从轻判刑，也可能为了自己的心灵能舒服一点，主动交代了警方没有掌握的"4.09"女尸案。

汤计还了解到，内蒙古公安厅已经成立了"4.09"案件专案组，着手复核呼格吉勒图一案，但是遇到了来自呼和浩特市公安局方面的阻力。

根据这些情况，汤计很快写出了内参《内蒙古一死刑犯父母呼吁警方尽快澄清十年前冤案》，于2005年11月23日发到新华社总社。汤计的内参引起了党中央和自治区党委的高度重视。2006年3月，内蒙古自治区党委政法委抽调法学专家与侦查专家，组成了以副书记宋喜德为组长的"呼格吉勒图流氓杀人案"核查组，开始复查这起沉睡多年的冤案。

二

汤计打来一壶开水，沏上一杯浓茶，然后关上门，关上手机，平复了一下情绪，开始梳理脑子里飑颤而又缭乱的思绪，让记忆的雷达搜索与"4·09"案相关的一切记忆。

1996年的治安形势怎样？

1983年，由于全国范围内刑事犯罪大幅度增加，公检法系统在全国范围内开展了第一次"严打"运动，对各类刑事犯罪分子进行了"从严、从重、从快"的打击。"严打"的一大特征，在于加快办案速度，将公、检、法之间的"相互配合、相互制约"，变成了"配合优先，制约为辅"。从1983年"严打"开始，杀人、抢劫、强奸等严重暴力犯罪的死刑核准权，从最高人民法院下放至各省高院。这期间类似的暴力犯罪案件，处理程序大都一致，由一审法院迅速下判，二审法院只做书面审理，如果书面审理没有发现什么重大问题，就会立即维持原判，二审审理与死刑复核程序事实上已经合二为一。

1996—1997年、2000—2001年，全国又先后进行了第二次、第三次"严打"。呼格吉勒图正赶上了这种"从严、从重、从快"的形势。

汤计查阅了当时发表在《呼和浩特晚报》上的一篇通讯《4·09女尸案侦破记》，发现其中的一些细节，十分可疑，非但不能证明当时办案工作多么神速，多么精准，恰恰暴露了相反的一面。

1996 年 4 月 9 日晚 8 时，呼和浩特市新城区公安分局刑警队接到电话报案称：在锡林南路与诺和木勒大街相交处的东北角，一所旧式的女厕内发现一具几乎全裸的女尸。报案的是呼市卷烟厂二车间的工人呼格吉勒图和闫峰。警方立即驱车前往现场。

张铁强副局长和报案人简单地交谈了几句之后，他的心扉像打开了一扇窗户，心情豁然开朗了。

按常规，一个公厕内有具女尸，被进厕所的人发现，也许并不为奇。问题是谁发现的？谁先报的案？而眼前这两个男的怎么会知道女厕内有女尸？

张副局长、徐扬队长等分局领导，会意地将目光一齐扫向还在自鸣得意的两个男报案人，心里说，你俩演的戏该收场了。

作为优秀的刑侦人员，现场的任何遗留物都是珍贵的资料。而临场领导的一举一动、一颦一笑，即便是眉头的一起一伏，都是无声的命令。那两个男报案人，看见忙碌的公安干警，又看见层层的围观者，他们想溜了。然而，他俩的身前身后已站了"保镖"。

"我们发现了女尸，报了案，难道我们有罪了？"报案人惶惶然了。

……

"我叫呼格吉勒图，蒙古族，今年 19 岁。上班后，我出厂外买点东西，突然想小便，听见女厕所内有女人喊叫的声音，过了一会儿，我听到里面没动静，我便跑进女厕所，见那女的横仰在那里，我便跑了出来。但又一想，那女的是不是死了？我又返回去，见那女的真的死了。闫峰说，报案吧，嗯了一声就跟他出来了。因为厕所太臭，我买了五块泡泡糖，见闫峰朝治安岗亭走去了，我怕他抢了先，我也就跑过去报案了。"

"你是怎么听见女厕所内有喊声的？"

"我小便时听到的。"

……

"你进了女厕所时，那里还有别人吗？"

"我只看见那女的横在那里……好像有人跑走了……不是，反正我没看清。"

"你几点上的班，几点出的厂，几点发现的女尸，几点叫的闫峰？你为什么不先报案而叫闫峰呢？"

下面的问答简略了。因为呼格吉勒图不是拒绝回答，便是东拉西扯，而且往往是答非所问……在审讯呼格吉勒图的过程中，由于呼的狡猾抵赖，进展极不顺利。市公安局局长王智在10日亲自来到分局，听取案件进展情况，当分析案情后，王智局长特别指示：一、对呼格吉勒图的痕印进行理化检验，从中找出证据。二、展开一个全面的、间接的包围圈，从间接证据，形成一个完整的锁链，让呼格吉勒图丢掉侥幸心理。三、注意审讯环节，从供词中找出破绽，抓住不放，一追到底。

王智局长的指示，极大地鼓舞了分局的同志们，在他们认真贯彻领导意图的情况下，审讯很快便发生了根本性的扭转。

"4月9日，我上班后便溜出了厂门……"呼格吉勒图交待说，"我乘天昏地暗，便溜进了公共女厕所挨门的第一个蹲坑，假装大便，实际上是企图强奸进厕的女人。大约8点半钟，见一个女的走进来，她蹲在了靠里点的蹲坑上，我便朝她扑过去，就要强奸。那女的见我扑过来，赶忙提起裤子，并厉声问我'你要干什么？'我低声说，'别喊！'说着，我将她抱住，是用一只胳膊将她的脖子捋住，怕她喊，用另一只手掐住她的咽喉。没想到，她没吭声，我便将她的裤子拉下……上上下下摸了一气就跑出来了。我知道她已经死了，怕将来追查到我，便回厂叫了闫峰，以便让他证明我是上班来着，是偶然发现女尸的。我报案一是怕闫峰说漏了嘴，二是想转移你们追查的目标……"

为了证实呼格吉勒图交代的真实性，由分局刑警队技术室对他的指缝污垢采样，进行理化检验。市公安局技术室和内蒙古公安厅进行了严格科学的鉴定。最后证明和呼格吉勒图指缝余留血样是完全吻合的。杀人罪犯就是呼格吉勒图。

汤计认为其中起码有五个地方显示出当年办案的不实、不准、不当，甚至涉嫌非法。

一、简单交谈后，张铁强等觉得两个男的怎会发现女厕所里的尸体，于是便按着这种怀疑，开始了主观推理，实际上潜在地确定了案子结论的方向。

二、"我们发现了女尸，报了案，难道我们有罪了？"当时呼格吉勒图和闫峰是理直气壮的，没做亏心事不怕鬼叫门，这是正常的心态。

三、9日案发，10日王智局长的指示中就显现出一种意图——"找到证据，让呼格吉勒图放弃侥幸心理。"这说明警方在没有证据的时候，就已经把罪犯定位在呼格吉勒图身上了。他们之后进行的审讯，不是要弄清真相，而是在为自己的怀疑找佐证。

四、从"只是让你们去写个经过"到"这供词是熬了48小时之后才获得的。""在审讯呼格吉勒图的过程中，由于呼的狡猾抵赖，进展极不顺利。"这中间张铁强他们做了什么，如果只是写个经过，能说是"熬"吗？那么是怎么"熬"的，是否采用了非法手段刑讯逼供？

五、"市公安局技术室和内蒙古公安厅进行了严格科学的鉴定。最后证明和呼格吉勒图指缝余留血样（血型与女尸）是完全吻合的。杀人罪犯就是呼格吉勒图。"血型化验不同于 DNA 检验，只能证明群体的同一，不能证明个体的同一，因此不能作为关键的证据。

在这篇报道中，汤计见到了一个老熟人的名字——办案组长张铁强。1988 年，新城区发生一起命案，犯罪嫌疑人在刑侦大队的审讯室意外"触电身亡"，作为刑侦大队大队长，张铁强被免职，降为呼市公安局出租车管理科的普通民警。1992 年，张铁强咸鱼翻身,担任呼市公安局刑警大队副大队长,1994年,调任新城区公安分局副局长,分管刑侦。据说,张铁强任职新城公安分局副局长期间,无论是破案率还是打击处理犯罪人数,年年位居呼和浩特市公安局第一。这些第一是怎么来的呢?汤计不愿意怀疑,但是还是想起了张铁强办女处长、肖占武案件以及打击吸毒的某些手段。

汤计知道"4·09"案件"告破"后,包括张铁强在内的多名警官,获集体二等功,获通报嘉奖。1997年,张铁强任呼和浩特市缉毒缉私支队队长,因勇斗毒贩、智擒毒枭,被授予全国劳动模范和内蒙古自治区十大特级民警称号。2003年,张铁强调任赛罕区公安分局局长,不久兼任赛罕区副区长。

汤计分析,"4·09"案应该是张铁强的起步台阶,也是他要守住的最后一隅。如果说过去自己曾经对此人持有三七开的看法,相逢开口笑,过后不思量,那么今后,他们两个人可能要挥戈相见了。

汤计决定深入调查此案。他派出助手李泽冰到原烟厂和案发厕所的位置,进行了现场勘察,又了解到,在公诉期间,也就是1996年5月7日晚上9时20分,呼和浩特市检察院两位检察官对呼格吉勒图进行了询问,留下了一份1500字的询问笔录。笔录显示,呼格吉勒图反复说:

> 今天我说的全是实话,最开始在公安局讲的也是实话……后来,公安局的人非要让我按照他们的话说,还不让我解手……他们说只要我说了是我杀了人,就可以让我

去尿尿……他们还说那个女子其实没有死，说了就可以把我立刻放回家……我当晚叫上闫峰到厕所看，是为了看看那个女子是不是已经死了……后来我知道，她其实已经死了，就赶快跑开了……她身上穿的秋衣等特征都是我没有办法之后猜的、估计的……我没有掐过那个女人……

呼格吉勒图全盘翻供，并反映了公安机关有诱供逼供。遗憾的是，呼格吉勒图的这些话，遭到办案检察官使用"你胡说"等语言制止。

李三仁和尚爱云详细地给汤计讲述了 1996 年 5 月 23 日呼和浩特市中级人民法院对此案进行开庭审理的过程。他们看到，儿子穿着一件在卷烟厂做工时的旧衣服，人瘦得皮包骨头，强打着精神抗争着。他们把儿子当时所说的每一句话，都牢牢地记下了。记得当时呼格吉勒图承认自己是因为喝了酒，进了女厕所，但是他没有杀人。

由于一直不让见儿子，辩护律师是开庭前一天才找到的，这位律师起初为呼格吉勒图做的是无罪辩护，最后却以他"认罪态度好、是少数民族、年轻"为由，在法庭上做出求情陈述。

大约进行了四五分钟的休庭合议之后，法官当庭宣判，以"故意杀人罪"和"流氓罪"判处呼格吉勒图死刑。尚爱云说："法官问我儿子，还上诉不？儿子就说了两个字，上，上，这两个字说得特别响亮，我就知道儿子是冤枉的。"

根据司法程序，呼格吉勒图上诉以后，由内蒙古高院进行二审。在上诉状中，呼格吉勒图陈述了三点理由，一是他和闫峰开玩笑说的关于性的话题，怎么能成为证人证言；二是他没有掐过死者，哪来的血迹；三是他还年轻，还能为国家做贡献。他说："我对自己所犯的错不想狡辩，但事实毕竟是事实，我不想死，也不怕死，但是人总是要死得明白。"

没人理睬他的上诉，仅仅两周后，6月5日，内蒙古高院二审裁定"维持原判"，这也是终审死刑核准裁定。

内蒙古高级人民法院、呼市中级人民法院两级法院的判决书仅有155字，汤计反复看了几遍，怎么也看不出来法院认定呼格吉勒图流氓罪、故意杀人罪两宗罪名的关键证据是什么，看不出法院是如何认定呼格吉勒图犯罪的。

多年的新闻调查经验告诉汤计，凡事不能轻言结论。不能依赖别人的转述，非亲自接触第一手资料不可。

大家都说汤计是一个名震草原的社会活动家，四海之内皆兄弟，到处都有人帮助他。汤计说，你们错了，没有组织做后盾，没有新华社给我的这个舞台，我汤计就是一只草原雄鹰，也飞不起来。新华社这三个字才是打开社会大门的金钥匙，我不过是拿钥匙开门的那个人。

很快，来自公安机关的四份审讯笔录，放到了汤计的案前。

赵志红一共交待了自己所做的27起强奸杀人和抢劫强奸案，由于1996年"4·09"案，是他第一次杀人，因此对作案过程记忆很清楚，基本还原了自己的作案过程：

1996年4月，具体哪天忘了。

路过烟厂，急着小便，找到那个公厕。听到女厕有高跟鞋往出走的声音，判断是年轻女子，于是径直冲进女厕。两人刚好照面，我扑上去让她身贴着墙，用双手大拇指平行卡她喉咙，她双脚用力地蹬。五六分钟后，她没了呼吸。

我用右胳膊夹着她，放到靠内侧的坑位隔断上，扶着她的腰，强奸了十几分钟后射精了。

她皮肤细腻，很年轻。我身高 1 米 63，她比我矮，1 米 55 到 1 米 60 的样子，体重八九十斤。

我穿 40 的鞋，鞋底是用输送带做的。

这四份笔录是分别由四组警官，在不同时间、地点对赵志红进行审讯的实录。比照研究之后，汤计发现，四次口供之间没有大的差异，而且一次比一次交代得清晰一些，其中的地点、时间、周围情况、受害人体征等细节和警方掌握的情况吻合。汤计知道，如果作案人编造假供词，这四次审讯笔录一定会出现不一致甚至互相矛盾的地方。

问题太严重了！汤计赶紧打电话联系皋凤存。

皋凤存是内蒙古自治区公安厅大要案支队负责人，也是主持赵志红专案的警官。他警校毕业，经验丰富，作风严谨，与汤计是志同道合的好朋友。

皋凤存告诉汤计，一听到赵志红交代出自己是"4·09"案件的真凶，自己的脑袋就嗡一声大了。当年流氓杀人案的真凶呼格吉勒图不是已经毙了吗，怎么又出来一个？是不是赵志红这个小子感到压力大，顺嘴胡说八道呢？

皋凤存告诉下属，把赵志红带到院子里放放风，清醒清醒。

放风的时候，赵志红为了证明自己在说真话，又交代出一起杀人案。两个月前，他开车拉了一个十八九岁的女孩子，将其强奸杀害，尸体埋在呼市小黑河边的树林里。皋凤存当即带着赵志红去找，果然在一个小土包下，找到了那个女孩子的尸体。看来，赵志红没有骗警察。

皋凤存看着眼前这个猥琐矮小、獐头鼠目的赵志红，恨不得一拳头揍扁了他。那个十九岁就被枪毙了的呼格吉勒图，真是太倒霉了，年纪轻轻，果真含冤而死，倒在了法律的名义下！在皋凤存心中，"人民警察"这个四个字，就是清风皓月，就是明镜宝剑，容不得一丝污泥浊水。然而今天，这个错案恰恰是从警察的失误开始的。从小黑河边回来已经是凌晨，他在床上仍然不能入睡，于是起身在专案组住的宾馆院里踱步思考。突然间，他有点不敢相信自己的耳朵，守卫人员告诉他——张铁强来到了这里！

汤计一听，急了，赶紧问："张铁强来这个地方干什么？"

皋凤存回答，未经请示，擅自提审赵志红。

汤计一想，这还了得？张铁强是当年专案组组长，呼格吉勒图一案到底是怎么办出来的，他的心里最清楚。现在张铁强手中握有权力，他的这个举动，令人产生种种猜想——第一，张对自己办的案子心虚，来问个究竟；第二，如果哪一天赵志红来个"意外死亡"，或者翻供，也未可知。

皋凤存告诉汤计，呼和浩特市公安局副局长赫峰已经掌握了这个情况。为了保证不被干扰，现在赵志红已经被转移到内蒙古刑警总队的警犬基地，由 10 名武警替下了原来的民警，日夜严格看守，同时已经要求张铁强回避。

抓住了赵志红，让内蒙公安厅去了心头之患，但是一案两凶的事实，是一个必须弄明白的问题。半年之内，他们先后从公安部请来三个刑侦专家指导侦查。其中有公安部第一研究所的教授杨成勋，他是我国第一台测谎仪的发明者，他使用最先进的pg-10型六道心理测试仪，对赵志红进行了心理测试。这位德高望重的老专家宣布结果时，先是捂着脸，许久，把手才放了下来，很沉重地说："赵志红说的属实，那个孩子被杀错了。"然后，又捂住了脸，人们看到他的泪水从指缝中流出。

曾经多次对比过呼格吉勒图和赵志红卷宗的刑侦专家吴国庆，对此案发表看法时直言不讳："我的态度很明确，我也多次向公安部和中央领导汇报过，一案不会有两凶，其中肯定有一个是冤枉的。"

跑完了自治区和呼和浩特两级公安局，汤计到了自治区政法委，找政法委副书记、专案核查组副组长胡毅峰了解情况。汤计二十世纪九十年代初结识胡毅峰，对这个人怀有敬意。他的父亲叫特木尔巴根，是内蒙古的革命先驱，曾任自治区高级人民法院院长、中共内蒙古自治区常委等要职。父亲的教导和影响决定了胡毅峰对人民群众的感情。青年时代胡毅峰也和李三仁老两口有同样经历，做过知青。此人端正廉洁，平易近人，一直主张重审呼格吉勒图案。

胡毅峰告诉汤计，核查组为了复原案情，几乎找到当年的每一个相关人员，模拟再现案发现场实况。呼格吉勒图当年交待的作案手段，虽然每次的供词都不一样，他们还是一一进行了模拟，证明每一种动作都杀不了人，显然没有事实依据。可以做出结论，当年判处呼格吉勒图死刑证据严重不足，属于一起冤案。

庭审时，赵志红的 10 起命案，检察机关只起诉了 9 起，唯独漏了毛纺厂公厕里的"4·09"强奸杀人案。开庭那天，赵志红当庭问公诉人员："我杀了 10 个人，你们怎么说我杀了 9 个？少诉了1 条人命啊！"参加旁听的呼格吉勒图案重审专案组人员一听，很是惊诧气愤。如果不起诉"4.09"案，赵志红就被执行死刑，呼格吉勒图一案从此将"死无对证"。那么，对于这些以法律为信仰的人民警察来说，无疑是极大的侮辱。他们迅速将这一重大问题，反映给了汤计。

事情已到千钧一发时刻，必须用自己的笔力挽狂澜！拥有了大量确凿信息，汤计便有了出手的底气，很快写出了第二篇内部报道《呼市"系列杀人案"尚有一起命案未起诉让人质疑》。汤计的报道发出后，最高人民法院获知赵志红案背后的复杂情况，指示此案一审暂时休庭。

三

汤计在调查呼格吉勒图一案的消息，已经不胫而走，最起码，在呼和浩特市和内蒙古自治区司法系统已经不是秘密了。汤计每次下去调查，都会感到有一些忽隐忽现的眼睛跟随着他，他觉得，不完全是善意的关注。

李三仁和尚爱云告诉他，他们已经被监视跟踪了，不论是去买菜、上街、走亲戚都有人不远不近地跟在后面。

汤计在几个场合遇到张铁强。张铁强什么都不说，表现得若即若离。可是，有几次汤计偶尔一瞥，就会发现张铁强正在注视着自己。两人目光一撞，又迅速移开，彼此心照不宣。从此，汤计尽量避免和张铁强见面，他担心张铁强一旦说出"老汤，笔下留情啊"之类的求情话，弄得自己无法回答。放手当然绝不可能，公然与张铁强剑拔弩张，显然有失智者风范，弄不好会造成失控的局面，以致影响案件重审。

一个人在做正义的事情，总是会得到帮助。在汤计的第二篇内部报道发出的第八天，一个人悄悄地来到了他的办公室。

汤计抬头一看，此人身着便装，站姿挺拔，两个眼睛透露出机警。他看见屋里有人，没说话，一只手插在口袋，也没有退出。汤计见状，打发走了和他谈事的学生。

非常时期，汤计很敏感，他问："警察吧？"

来人说："汤老师，你真行，看出来了。我是呼市看守所的。"说罢从口袋里拿出警官证让汤计过目，随后又拿出一张复印纸。

汤计接过复印纸一看，非常感动。这位警察拿来的是赵志红在狱中递出来的"偿命申请书"复印件。他担心这份偿命申请书递不到领导手里，所以复印了一份给汤计。没等汤计反应过来，他已经转身离去了。汤计知道，他是冒着风险做这件事的。

这说明每时每刻都有心怀正义的人在支持着自己，作为一个共产党员、新华社记者，汤计的信心更加坚定！

赵志红的"偿命申请书"是这样写的：

尊敬的高级人民检察院检察官，您们好！

我是"2·25"系列杀人案罪犯赵志红，我于2006年11月28日已开庭审理完毕。其中有1996年4月18日（准确时间是4月9日）发生在呼市一毛（第一毛纺厂）家属院公厕（的）杀人案，不知何故，公诉机关在庭审时只字未提！案确实是我所为，且被害人确已死亡！

我在被捕之后，经政府教育，在生命尽头找回了做人的良知，复苏了人性！本着"自己做事、自己负责"的态度！积极配合政府彻查自己的罪行！现特向贵院申请派专人重新落实、彻查此案！还死者以公道！还冤者以清白！还法律以公正！还世人以明白！让我没有遗憾的（地）面对自己的生命结局！

综上所诉（述），希望此事能得到贵院领导的关注，并给予批准和大力支持！

特此申请

谢谢！

呼市第一看守所二中队十四号罪犯赵志红

2006年12月5日

汤计分析，赵志红写这个东西，不管他出于何种动机，就"4·09"女尸案一案两凶这一新闻事件来讲，等于又出现了新的重大案情。那么，作为一个新华社记者，必须及时予以上报。但是，这篇内参稿子怎么写呢？就这么一二百字，前面的案情没必要重复，后面的事情还看不出端倪……经过反复沉思，汤计终于想出了办法，他决定把赵志红的偿命申请书原文呈送上级。于是，他仅加了一些说明文字，以《"杀人狂魔"赵志红从狱中递出"偿命"申请》为标题，附上赵志红的原文，向总社发出了关于此案的第三篇报道。稿子看上去简单了点，总社能发吗？这篇稿件，从分社到总社，从编辑到领导，一路绿灯，最后，新华社总编辑何平亲自签发了这篇稿件。汤计后来深情地说："我们新华社就是这样，记者在前方克难而进的时候，上面的编辑和领导和你是心心相连的，在以国计民生为己任，做好党的耳目喉舌这个意义上，新华社人永远同心同德！"

过了几天，时任内蒙古人民检察院检察长邢宝玉打来电话。听语气有点不太高兴："汤计，赵志红的偿命申请书是写给我的，你怎么拿去了？"

汤计一听明白了，检察长要的应该是原件，这说明他没有见到原件，也说明中央领导对此事做了批示，并且已经传达到了自治区。

汤计告诉检察长："我没有原件，只有复印件。"

检察长很奇怪："那原件哪里去了？"

汤计说："你到现在还没有见到原件，说明你那里有肠梗阻！"

此时，汤计不知道多么感激那位警察兄弟，他真是有点料事如神，如果当时他不把复印件给汤计送来，那么原件或许真的会永远消失。

一个小时之后，检察长又打来电话："汤计，对不起，原件没有传到我这里，问题出在我们这里。"

就这样，在中央、最高法、最高检领导的关注下，赵志红作为呼格案的关键证人被留了下来。

四

看似一切都在顺理成章地进行着，呼格吉勒图案的重审指日可待。

呼格吉勒图一家人眼巴巴地盼着，时时刻刻准备着。李三仁把《中华人民共和国宪法》《中华人民共和国刑法》《刑事错案与七种证据》研究了无数遍，相关的条文处，都夹上了小条；尚爱云和两个儿子，已经将这些法律条文烂熟于心，随时随地就可以引用法律条款来说话；家里的电话一响，尚爱云就冲过去接，常常连自来水、煤气灶都忘记了关；昭力格图和小弟庆格勒图不露声色，总是趁父母外出上访的时候，拿出呼格吉勒图的照片默默祈祷；汤计也在乐观地等待着，他每天都要接到来自朋友、同志、领导的电话询问，社会各界都在关心着这件事。可是，他们盼望的那个电话始终没有来。

李三仁老两口没有气馁，他们相信最长也就一年，无论如何也用不了两年，压在他们心上的石头就会被推翻，失去的尊严就会找回来。

一年过去了，重审不仅没有启动，事情还变得扑朔迷离起来。

汤计去自治区政法委询问。胡毅峰告诉他，核查组已经有了结论——用法律术语讲，当年判处呼格吉勒图死刑的证据明显不足，用老百姓的话说，就是冤案。可是政法委无权改判，要经过法律程序。核查组副组长、自治区政法委监督室主任姜言文说："核查组的工作已经结束，已经拿出了意见和结论，但这不是最后的法律结论，法律结论得体现在法院的判决书或者裁定书上。"

重走法律程序，需要经过公检法三个系统。公安、检察系统应该没有什么问题，自治区公安厅和呼和浩特市公安局在赵志红交待自己是"4·09"案的真凶以后，成立了专案组，进行了追查，得出赵志红是真凶的结论，一案没有二凶，那么呼格吉勒图就不是凶手；自治区检察院的意见是，呼格吉勒图案子证据不足，就应该疑罪从无，予以改判。

走法律规定的审判程序，首先应该由检察机关就呼格案向法院提出抗诉，也就是要求法院予以重审，这是检察机关代表国家监督法院的权利。汤计知道，抗诉不能轻易启动，法院如果用维持原判来回应抗诉，按我们国家司法条文，二审如果维持了原判，即为终审。现在，问题的关键是如何让自治区法院主动地认识当年的错误，积极地提起重审。

虽然中央领导、最高法院、最高检察院对这个案子的重审有过指示，自治区党委和政府也有明确态度，但是内蒙古高法就是不提起再审。因为重审此案，势必就要追究当初办案人员的责任，自治区高法还要支付国家赔偿，因此当时的自治区高法领导顾虑重重，迟迟按兵不动。说到底，还是从局部利益着想，没有考虑这个案不重审，受伤害的不只是李三仁一家，还有损千千万万国人对法律的信心，有损党和国家的形象。

呼格吉勒图案二审的审判长，据说连呼格吉勒图案的卷宗都没看，就让一个书记员替他签字把呼格勾决了。有关部门已经收到了对他的举报，他本身就涉嫌渎职罪。当汤计得知这种情况，气得拍案而起："啥叫草菅人命？这不就是活生生的案例吗？"

李三仁和尚爱云去自治区高院上访，好不容易拦住了院长，院长却把这个审判长找来对付他们。尚爱云一见到这个人，就火冒三丈。她拍着桌子质问那位院长："他是你亲外甥还是啥？你就这么袒护他，你懂不懂回避制度？当年就是他错杀的我儿子，现在他应该回避，你叫他来什么意思？"

行到水穷处，坐看云起时。汤计想明白了。虽然事实明明摆在那里，法院却在事实的外面建起一道玻璃墙，把你和你要的东西隔离开了。汤计心说，你们既然就是不动，我们可以动用舆论来促使你们动。

2006 年底，汤计把呼格案的相关材料梳理一遍，写出两篇通讯《死刑犯呼格吉勒图被错杀？——呼市 1996 年"4·09"流氓杀人案透析 (上)》《死者对生者的拷问：谁是真凶？——呼市 1996 年"4·09"流氓杀人案透析(下)》，发表在新华社内部刊物上。《瞭望》新闻周刊总编辑姬斌看到后，认为这是一桩有典型意义的司法事件，如果公开报导，会对全国的司法进步以及民众法律意识的提高产生积极影响，他即刻让政治编辑室主任史湘洲给汤计打电话，商量找几个法律专家深入探讨，形成一篇文章在《瞭望》杂志公开发表。很快，《瞭望》编辑室的相关人员采访了几位法学专家，与汤计合作写成了《疑犯递出"偿命申请"，拷问十年冤案》一文，于 2007 年 1 月 9 日公开发表。

这篇文章采用专家的观点提出对呼格吉勒图案重启再审程序的三个途径：一是做出判决的人民法院，将已经发生法律效力的判决提交本院审判委员会处理；二是最高人民法院提审或者指令下级人民法院再审；三是最高人民检察院按照审判监督程序向最高人民法院提出抗诉；同时，也提醒各级法院落实好最高法当年1月1日收回的死刑核准权，使慎杀少杀的原则在实践中得到体现。法律剥夺一个人生命的过程越复杂，就意味着当事人的合法权利能够得到最大限度的伸张，更意味着冤假错案的几率将被降到最低。尊重和保障严格的司法程序，维护法律程序本身的独立价值，是最大限度避免冤案发生的根本途径，也是中国走向法治国家的必然选择……

呼格案就这样从内部走向公开，果然如姬斌总编辑预料的那样，一石激起千层浪，国人皆知呼格案，网络热议呼格案，媒体穷究呼格案，汤计和李三仁夫妻，每天接到数不清的电话和网络留言，一片关切支持之声。

汤计很高兴，他跟两个女儿说："如今爸爸眼前的确有一堵墙，不过那是一堵玻璃做的墙，寒冰做的墙，现在全国人民都隔着这堵墙看到了事实的真相，这道墙也就变成了一堵破碎的墙，再也挡不住法律的脚步了。"

五

赵志红案的一审已经远远超期，按照规定，早该判刑送二审了。

社会舆论哗然，将这种情形作为冷嘲司法不力的笑话："报案小伙儿已冤死，杀人恶魔仍苟活……"李三仁尚爱云委托的律师苗立发声："呼格吉勒图是否错杀，不应该由赵志红是不是'4·09'案件的真凶来确定。如果说赵志红对'4·09'案件的供述，促使了有关部门开始复核呼格吉勒图的死刑判决，现在复核的结果已经有了，当年判处呼格吉勒图死刑的证据明显不足。那么，就应该对呼格吉勒图案提起再审。"

李三仁尚爱云夫妻在2006年底就将相关法律材料递交自治区高院。自治区高院方面一直没有答复；律师到自治区和呼和浩特两级法院要求审阅案卷，也被以种种理由拒绝了。

为了了解情况，寻找新的突破口，汤计去请教他的一位老朋友——呼和浩特市中级人民法院院长。这位院长曾任自治区高院办公室主任，是个法律专家，诲人不倦，有问必答。这位院长告诉他，法院认为，公安局找不出物证能证明是赵志红作案，只有他的口供。根据法律，不能只凭口供定案。按照这个逻辑下去，不是赵志红，就是呼格吉勒图……这大概恰恰是某些人此时希望的结果。

证据，物证，人证……汤计马不停蹄，跑公安局，请教专业人士，搜集与呼格案有关的一切信息。强奸案，首要的证据就是强奸犯的精斑。案发时，被害人的尸体裸着下半身，被放倒在厕所的隔离矮墙上，是不可置否的强奸案。那么，第一件事就是要提取精斑，而精斑在哪里呢？

法院现在反过来要求公安局提供这一证据。

知情人的说法大相径庭。有人告诉汤计，现场没有采集精斑；有人说采集了，但是工作不认真给弄丢了；有人说，当时要求从严从快，经费又紧张，办案人员认为有其他证据支撑，就放弃了精斑鉴定；也有人直言不讳——采集精斑以后，发现不是呼格吉勒图的，另有凶手，就把精斑扔掉了。汤计去查，警方说是采了，交给检察院方面了，而检察院方面却说什么也没有收到。按照制度，交接物证是需要手续的，谁签收的？无案可稽。

最关键的证据就这样永远地不得而知了。

汤计思索，警方既然承认提取了精斑，交给了检察院，就说明这是一起强奸杀人案，那为什么最终给呼格吉勒图定了一个流氓杀人罪？为何回避女尸被强奸过的事实？这就和"发现精斑不是呼格吉勒图的，另有凶手"的说法有了吻合处，这中间掩盖着什么秘密？汤计百思不得其解。

第二个证据是血型，汤计无法看到卷宗，不知道呼格吉勒图的血型，然而即便他和被害人的血型一样，同样血型的人有的是，不足以证明罪犯就是呼格吉勒图。

第三个证据是皮屑。汤计怀疑呼格吉勒图当时喝了酒，又正值性萌动的年龄，他趴在墙头上往女厕所里看，看见有个女人一动不动，很奇怪，就进去触动了一下，发现是个尸体，也吓了一跳。为了掩饰自己趴了墙头，就说听见女厕有喊叫的声音，才闯进了女厕所。结果，这句话他就永远解释不清了，成了办案人员"顺藤摸瓜"的线索。

案发现场还应该有其他物证，如罪犯的脚印、女尸脖子上的掐痕、毛发等等，办案人员都没有提取留存。这又是什么原因？

关于作案时间，汤计再一次请教皋凤存。他是这样分析的：据判决书记载，呼格吉勒图是晚8点40分作案。但是闫峰两次作证——当晚8点45分他和呼格吉额图要回车间上班，他们是掐着表吃的饭，8点40离开的饭馆。而被害人的同事证明，被害人是7点40出去上的厕所，所以呼格吉勒图8点40见到的应该已经是一具尸体了。那么，法院认定的时间和实际案发时间就有一个小时的差距，足以证明呼格吉勒图不是作案人。难道办案人没有注意到这个时间差吗？

关于口供，事实上呼格吉勒图在庭审时已经翻供，说出办案人员涉嫌严重的刑讯逼供和诱供，这样的所谓口供已经失去可信度，不能作为证据使用了。相反赵志红口供是比较符合逻辑的。尸检报告及照片显示，死者短发烫发，呼格吉勒图交代的却是披肩发、不是烫发；赵志红交代的死者身高到他脖子左右，准确地说出155到165厘米之间，法医测量的尸长果真是155厘米，而呼格吉勒图交代的死者大约高165厘米，明显不准确。另外，呼格吉勒图交待，他与受害人曾有对话，受害人说普通话，可是死者的亲人、同事却证明，死者只会说地方话……汤计采访了很多看过卷宗的警察和专家，他们一致认为，即便只凭口供对照，也该为呼格吉勒图平反。

法院就是坚持要物证。

汤计感到自己的钥匙丢了。人家说，你不是要证明这间房子是你的吗，那么拿出你的钥匙。汤计说，房间里有我的手稿书籍还有手机，细细解释手稿是啥手稿，书籍是啥书籍，手机是啥牌子的，可是人家不管这些，就是要钥匙。

你说你有理有据，你说你真理在手，都没有用，你把钥匙拿出来好了。

怎么办？汤计再次求教邢宝玉。

邢宝玉这个人既有学识的积累，又有阅世的练达，温文尔雅，谦虚厚道。汤计做政法记者多年，他写的有关检察系统的稿子，很多都经过邢宝玉的矫正润色。平常他把汤计当做小老弟来呵护，耳提面命，春风化雨，经常把思考的问题与汤计交流，希望他写出有分量的稿子来。对于反腐，他很有原则，常令贪腐分子闻风丧胆；对于呼格吉勒图案，邢宝玉的态度是"有错必纠，实事求是"。他认为呼格吉勒图案平反以后，必然提升全民对司法的信心。

邢宝玉曾经给汤计设计过一个思路：法院死咬着说呼格案没有证物，可以按照"疑罪从无"的思路去解决问题。这样，法院方面可以不处理人，压力就小了，这个孩子的罪也就洗清了。等平反后，再去申请国家赔偿和追究相关人员的责任。但是他和汤计商量之后，又觉得呼格吉勒图家人难以接受这个思路，李三仁和尚爱云坚持上访、上诉这么多年，就是要为儿子找回无罪的清白名誉。

汤计和邢宝玉相对而坐，像在写字台上下一盘棋那样凝神深谈。这一次，汤计问邢宝玉："你们检察院为什么不去抗诉，检察院一抗诉法院就得开庭再审啊？"

邢宝玉说："这可万万使不得。法院现在不在状态，我抗诉他就会维持原判，法律上规定再审就是终审，一旦维持原判，程序上就成死结了，那边就可以把赵志红执行死刑，呼格案也就永久成谜了。"

邢宝玉提醒汤计说："你们新华社应该继续发稿子，建议最高院把呼格案拿到外省市法院跨地区审理。"

邢宝玉的建议使汤计眼前一亮。他很快采访了相关律师、公安干警、法院领导、政法委领导和法律界的相关人士，征求他们的意见，果然获得了他们的共识。2007年11月28日汤计发出第4篇内部稿件《内蒙古法律界人士建议跨省区异地审理呼格吉勒图案件》。

不久，最高法派人到内蒙古高院协商异地重审，但前提是呼格吉勒图父母也要提出申请。对此李三仁和尚爱云完全没有思想准备，当自治区高院派出一个副院长和他们谈的时候，老两口觉得非常突然，觉得在内蒙古有这么多正义之士支持尚且如此，去了外地人生地不熟的，恐怕问问案子都困难。所以，李三仁与尚爱云拒绝了异地审理的提议。

在上级和舆论的压力之下，内蒙古高院称正在进行内部复查，还是没有启动重审程序。谁知这一拖，情况就发生了变化，呼格吉勒图案的重审进入了长达三年之久的冰冻期。

六

2008 年到 2011 年这段时间，积极推进呼格吉勒图案重审的自治区政法委书记和核查组组长退休，常务副书记胡毅峰调到自治区人大常委会做秘书长，政法委秘书长、核查组副组长也都相继调离，已经有了结论的案子和原本热烈的舆论，日趋淡出人们视线。

李三仁和尚爱云上访的火车票，已经攒了厚厚的一沓，他们到内蒙古高院申诉询问也已经有九十多次了。

为了能见到时任自治区高院院长，尚爱云甚至豁出被撞的危险，去拦院长的座驾。这个母亲最后的理智眼看就要崩溃了，她时时刻刻想着儿子的冤情，每天夜里无法入睡，一闭上眼睛，眼前就会出现儿子被五花大绑的模样，听见儿子的声音："妈妈啊，我没杀人啊，我没杀人啊……妈妈你给我解绳子啊……我勒得痛啊……"她伸手去抓儿子，哪里有儿子，只有无边的黑夜，只有满身冷汗。她就这样一个夜晚一个夜晚地苦挨着，惊悸着，忧伤着。

尚爱云说，前九年，是一刀子捅进了我的心，这后九年，是一刀一刀割我的心。

走投无路的老两口打起了条幅，站在自治区两会会场外面，希望引起关注。

张铁强却代表着国家机器，在会场外面吆三喝四地指挥安全保卫。有一次，他看到了李三仁和尚爱云，马上给出了一个眼色，下边的人冲过来拽住尚爱云，拧着她的胳膊要带她到公安局去谈谈。尚爱云冲着与会的代表大声喊："我不去，我怕你们偷摸害死我……"他们这才松手。

到会采访的汤计看在眼里，痛在心里。

新华社老社长穆青说过："勿忘人民，要像马克思教导的那样真诚地与人民同甘苦，共患难，齐爱憎。"

另一位老社长郭超人也说过："记者的笔下有财产千万，有毁誉忠奸，有是非曲直，有人命关天。"

而今，当你把这一切担在肩上的时候，为什么这样难？

为了要李三仁尚爱云保持信心，汤计一次次把他们请到自己的办公室，推心置腹地嘱咐他们，要相信这个国家是有正义的，相信中国的法制建设会不断进步，坚持正常渠道上访，千万不要做出任何偏激的举动，到日期就去高院询问何时重审。他也支持老两口争取舆论支持。

冬天已经来了，春天还远吗？望着老两口在寒风中瑟瑟的身影，汤计默念着年轻时背诵过的雪莱的诗句，插在口袋里的两手，紧紧攥成了拳头。

李三仁尚爱云也给了汤计信心和欣慰。地狱一般的煎熬，没有让他们低头，也没有让他们发疯。他们拿起书本，学习法律，顽强地坚持着。

在北京，人民大会堂前，他们找到一位来自河南的农民工全国人大代表，陈述自己的冤情，那位人大代表收下他们的申诉材料，带到了会上。他们一直与北京《法制晚报》保持联系，及时披露案情的变化，让轰动全国的呼格吉勒图一案始终不脱离公众的视野。他们变得理智了，坚强了，他们的视野和格局也开始变得开阔，他们说，我们要找回儿子的清白，愿天下不再发生冤案，也要维护中国法律的光明正大。不论走到哪里，他们自己首先做到遵纪守法，不卑不亢，有理有据，尽言不乱，争而不燥，就这样日复一日，年复一年，以伤痕累累的生命，西西佛一般地求索着。

汤计已经把推进呼格案的重审作为自己毕生的使命，还有一个无私无畏的人作为同盟军，始终与他们站在一起，他就是赫峰。赫峰时任呼和浩特市公安局副局长，与呼格案的始作俑者张铁强同在一个领导班子里工作，分管刑侦。是他率队破获了赵志红案，并根据赵志红的交待，带人去现场核实，确认赵志红是真凶；在成立专案组后，也是他第一个发现当年侦办此案的张铁强举止反常，并迅速向公安厅领导汇报，令张铁强离开专案组，保证了复查顺利进行；复查卷宗时，也是他第一个发现呼格翻供的笔录被故意隐匿；在政法委、公安厅已经得出呼格案是错案的结论，却没有进一步结果的情况下，是他第一个寻找正当途径，向上级反映情况的；也是他第一个接受采访，披露案情，为汤计的 5 篇内参提供了主要材料。2012 年张铁强擢升呼市公安局副局长，时任内蒙古自治区公安厅厅长赵黎平（现已因持枪杀人罪被判刑）专门出具手谕，证明"张铁强与呼格案无关"，在这种情况下敢于冒犯上级，第一个提出质疑张铁强的也是赫峰。

赫峰力主为呼格案平反，可谓死谏。不仅个别领导不高兴，周边的同事也不都是支持他的。身上有脓包，关起门来，偷偷抹上点消炎药，时间一长结个痂就完事了——这是一些人的心理。赫峰坚持九年，可以说比汤计承担的压力更大，毕竟是身在矛盾的漩涡里，你质疑的人每天和你面面相觑，而有些压力是以命令的方式下达的，你必须舍得一身剐，粉身碎骨也心甘。赫峰果然无愧于共产党员的称号，不仅没有退缩一步，反而发出了一个振聋发聩的诘问："我国是社会主义法治国家，错了怎能不去查证？"在这9年里，他和汤计成为风雨同舟的战友，和李三仁、尚爱云一家成了息息相关的亲人。他的坚持也从一开始的职务行为变成了义不容辞的责任。

2011年1月，仿佛残存的坚冰开始酥软，传递出来一丝淡淡春意，胡毅峰这三个字，突然回到了他们的视野里。自治区两会传出消息，胡毅峰当选自治区高级人民法院院长。尚爱云接到昭力格图电话的时候，高兴地问了一遍又一遍："儿子啊，你听准了吗？真的是胡毅峰，原来政法委的那位副书记？"

汤计认为胡毅峰当选后定会担当道义，推进呼格案的重审，但是如果他一到任，立即推动呼格案的重审，在自治区高院内部应该有一定阻力。必须给他创造一个由头，让他顺理成章地提出这个问题。

汤计再次发起攻势。他考虑到网络媒体的力量不可低估，受众面广，反馈迅速，就组织分社电视记者邹俭朴、林超，在2011年清明节做了一期视频节目《十五年冤案为何难昭雪》。汤计本人和李三仁、尚爱云要出镜，还需要一位公检法系统权威人士出镜。

汤计相信赫峰一定能够直接站出来，在电视上发声。谈起这位多年的老友，汤计一往情深。他说："什么是真正的共产党员？赫峰就是。他的身上有一种实事求是的精神，有一种对法律的信仰，有一种对职业的忠诚，有一种道义的担当。我俩性格很多地方相似，都是属于忧国忧民那种类型的。你看他戴着一副眼镜，平日里填词作诗，像个文人，但是你和他办起事来就知道了，他头脑清醒，思维敏捷，逻辑严密，有文人的优点，同时也是个铮铮铁骨的汉子，血液里保留着蒙古人的勇敢和坚毅。"

在这期被"新华视点"采用的节目里，赫峰直言不讳，一语道破了呼格案拖延不能重审的深层原因。——"为了更慎重起见，我和公安厅的有关领导把这两部宗卷拿到公安部，当时公安部刑侦局的主要领导，分析完以后表示，单从这两宗卷内容来看，想认定谁是这个案子的真凶，那肯定是赵志红。

"当时给呼格吉勒图定罪的那些物证已经灭失了，不存在了，你反过头来再想找到那些物证去给赵志红定罪，那不可能，因为物证有一个保存期，过了保存期就不留它了。

"这个案子当时办得很粗糙，如果当时公安机关、检察院审理这个案子，法院审判这个案子都认真一点、负责一点，不至于会出现这样的问题……"

在节目现场，记者先后拨通内蒙古自治区高级人民法院和内蒙古自治区人民检察院几位负责人的电话，他们表示本案还在调查中，或者表示不清楚情况，拒绝透露更多的消息。内蒙古自治区公安厅有关负责人对记者说："'4·09'命案成了各方不敢碰触的烫手山芋，起诉卷从呼市公安局转到呼市赛罕区分局，最后又退回了公安厅，目前正在等着开公检法协调会……"

在节目的最后，主持人呼吁："如今，距离呼格吉勒图被执行死刑已经过去了 15 年，而真凶落网也已经过去了近 6 年。为了还儿子一个清白，李三仁、尚爱云老两口已经奔走了 15 年，我们不知道，他们还要坚持多久？"

这一节目被优酷网转发，点击量达到数十万，新华社的呼吁得到了积极回应，也让汤计感受到新媒体的力量，他抓住时机发出了题为《呼格吉勒图案复核六年后陷入僵局，网民期盼真凶早日伏法》的内部报道，中央领导很快做出了批示。

最高人民法院专门派人到内蒙古高院督查。胡毅峰已经做好了准备，顺势而为，成立了呼格案复查组，选了 5 名具有法学硕士以上学历的精干法官，反复研究案卷，找办案警察和检察官调查，很快把案情搞清楚了，得出了正确结论。

2012 年的一天，汤计在胡毅峰的办公室里见到了厚厚的呼格案案卷。这是胡毅峰院长让人复印的。胡院长看了第一遍，就用了整整三天，后来又反复看了几遍。汤计和他谈起案情，发现他对每一个细枝末节都研究得十分透彻。他说："汤计，你可不能再写了，我这里调查组正在调查着呢，你看看我自己还亲自审案卷呢。"

到了这年夏天，在一次会议上，汤计与胡毅峰相遇。胡毅峰扯着汤计的衣角，把他叫到一边，悄声说道："呼格案已经复查完，准备彻底平反了。"

一切都在向好的方向发展，就像人们常说的那样，万事俱备，只欠东风。

只是在赫峰那里，压力仍然不小。

七

2012 年 11 月 8 日，党的十八大召开，中国的历史开启了崭新的一页。

新一届自治区党委同意对呼格案进行重新审理。

汤计、赫峰和李三仁一家人，已经看到了东方的曙光，日夜等待着那一轮红日，喷薄而出。

就在这时，由于多年的劳累，汤计的身体出现了问题。在新华社各个分社，像汤计这个年龄还在第一线跑采访的记者已经很少了，只有汤计乐此不疲，一边是自我加压，找事做，另一边二话不说地承担领导安排的急难险重任务，从来没有掉链子或拖拖拉拉的时候。以前喝点小酒，汤计就得意洋洋地跟爱芳侃大山，称自己是吃嘛嘛香，身体倍儿棒。由于他爱开玩笑，整天乐呵呵的，干起活儿来，和年轻人一样冲锋陷阵，社里的年轻人叫他老顽童。他说不对，我汤计乃蒸不烂，煮不透，槌不扁，炒不爆，响当当一粒铜豌豆。

去重庆看女儿回来，他发现自己偶有便血现象。爱芳劝他赶紧去检查，他说没关系，在重庆麻辣火锅吃多了。

爱芳说："你也该检查一下身体了，总是这么紧绷着弦儿不行。你没见呼伦贝尔的那些老火车头，开到了兴安岭顶上，就要停下来喘口气加点水吗。"

汤计哈哈一笑，冲着爱芳做了个搞笑的表情："你的郎君可当不了火车头，不过是辆小推车，咱是小车不倒只管推，一直推到共产主义。"

爱芳急了："我说汤计，我跟你说正事儿呢！别老跟我整这些老词儿行不行，人家年轻人都听不懂。赶紧去检查身体吧。"

谁知汤计来劲儿了："老词儿咋了？十八大开了，焦裕禄、张思德、白求恩必须回来，共产党员的老传统、老精神必须回来，年轻人不懂也要懂！"

爱芳说："好好好，你给我上医院！"

医院一检查，结果为结肠癌。在总社的关怀下，汤计于2013年8月8日顺利手术。

躺在病床上，汤计整天讲段子、扯闲篇儿，为的是安慰爱芳和孩子们。夜深人静，他却无法入眠，一个劲儿地胡思乱想。从小时候背着半面袋玉米面去读小学，想到上中国新闻学院，后来遇上爱芳；从跟着池茂花老师采访，想到一个个自己经手的新闻事件。他伸出手，抚摸着趴在床沿睡着了的爱芳，心想要是有一天自己不行了，养育两个女儿的担子就得由这个瘦小的女人独自承担了。多年夫妻，他知道爱芳柔中有刚，想想也宽慰了许多。叫他放不下的是呼格案，最叫他挂心的人，是李三仁与尚爱云老两口，他们已经是老年人了，还能坚持多久？没有谁能比自己更熟悉这个案子的来龙去脉，没有谁能有新华社这样坚如磐石的后台，如果此时撒手，后事难料。更重要的是，这个案子成功了，就是开了中国死刑冤案重审的先例，应该是党的十八大以后中国司法进步的具体体现，将成为全面依法治国的里程碑，影响全国司法改革的未来。汤计想来想去，觉得人都是父精母血，肉眼凡胎，总有和这个世界说再见的那一天。既然毛主席说了，为人民而死，就是重于泰山。那么和这个世界说再见之前，自己能为人民做的事情，莫过这个案子的最终匡正了。他暗暗告诫自己，汤计，你要坚持，无论如何也要坚持重返工作岗位，必须看到呼格吉勒图父母脸上的愁容变成笑颜，你才能闭上眼睛。

也许这就叫吉人自有天相，手术后活检结果显示，汤计的结肠癌为早期发现，无需放疗化疗，可以出院保守治疗，全家人转忧为喜。汤计重返工作岗位的第一件事就是继续推进呼格案的重审。

他了解到，自治区高院已经认定呼格吉勒图无罪。在这一结论确立的前提下，以什么理由来纠正呼格案，经过审查案件证据，内蒙古自治区高院再次统一了认识，再审判决书最终认定呼格吉勒图为作案人的事实不清、证据不足。

2014年6月，内蒙古自治区党委政法委召开公检法三长会议，为呼格案平反做维稳预案；成立了呼格案平反领导小组，组长由自治区党委副书记兼政法委书记李佳担任，自治区高院院长、检察长、公安厅长任副组长；大组里设置6个小组：维稳组、审判组、教育组、国赔组、安抚组、问责组。九年功夫，九年发力，呼格案的重审，就像一只时而冲锋、时而徘徊的足球，终于闯过一道道防线，来到了球门之前，现在就差临门一脚了。

为什么好消息迟迟不来。眼看国庆节了，难道这件事要拖到2015年？

一万年太久，只争朝夕！汤计在办公室里实在坐不住了。他邀请新华社内蒙分社副总编辑吴献一起来到了内蒙古高院胡毅峰院长的办公室。

汤计着急，没有任何寒暄，甚至带着一些急躁，开门见山地说："我们是来协调推进呼格案尽快重审的，请正面回答我们的采访，不要讲官话，我们的稿子要把您的话写进去。"

当汤计把写好的稿子传真给胡毅峰，胡毅峰审阅后很痛快地答应，可以发表！

11 月 4 日，吴献和汤计写的稿件被新华社作为通稿发出："内蒙古自治区高级法院院长胡毅峰在办公室接受了记者采访，他指着厚厚的呼格吉勒图案卷宗复印件说：'法院正在依法积极复查，此案的每一个细节都深深印在我的脑海里，我们将以事实为根据，以法律为准绳，把这起案件复查好，让人民群众感受到公平正义。'据胡毅峰介绍，复查过程中，法院并没有遇到障碍和阻力，一切都在严格按照法律程序进行。"

汤计立即联系《法制晚报》，请他们跟进发布了一条《呼格案将立案再审》的重磅消息。

汤计积极和中央电视台《法治在线》栏目组沟通，请他们到呼和浩特来专题采访呼格案。

节目马上就要开拍了，可是鉴于前次的教训，赫峰的夫人坚决不同意赫峰上节目。她是心有余悸，觉得他们家赫峰现在已经退休了，年龄也大了，再担不起事儿了。汤计给她打电话说："嫂子，听说你是个佛教徒，那你想一想，佛教徒是菩萨心不是罗汉心，度己不算度，度人才算修，众生烦恼就是佛家的烦恼，你怎么能光考虑自己呢？"赫峰夫人被汤计说动之后，便把电话递给了身边的赫峰。

汤计对心心相印的赫峰，只说了一句话，因为他知道这句话对于赫峰来说，就是一道闪电，足以一扫他眼前全部的迷茫。他的这句话是："赫局长，咱俩都是共产党员，需要我们站出来的时候到了！我把猛料全部抖落出去了，现在就看你的了。"

咱俩都是共产党员啊……说话之间，汤计被自己打动了，泪水夺眶而出，热汗将握在手里的电话浸湿。

电话里一片沉静，只听到赫峰的唏嘘之声。

这一次，已经被勒令闭嘴的赫峰又坚定地出现在中央电视台的镜头前。

焦点！焦点！呼格案以焦点的方式，凝聚了天下父母的关切，凝聚了社会各界的声援。凝聚着正义和法律的力量！汤计及时推波助澜，安排青年记者邹俭朴收集网上舆情，采写了第六篇内部报道——《呼格吉勒图案舆情持续发酵网民呼吁尽快再审》。这篇稿件于 2014 年 11 月 16 日抄送最高人民法院院长。

2014 年 10 月，党的十八届四中全会通过了《中共中央关于全面推进依法治国若干重大问题的决议》。

建设中国特色社会主义法制体系，坚持党的领导，坚持人民的主体地位，法律面前人人平等……汤计、李三仁夫妇、赫峰以及所有关心呼格案重审、关心中国司法进步的人们在一字一句地阅读着，学习着。

忽如一夜春风来，千树万树梨花开！李三仁和尚爱云觉得字字都说到了他们的心里。

当李三仁和尚爱云例行到高院询问案情时，接待他们的法官明确告诉他们："请回家耐心等待消息，这个案件将会在短时间内有重要消息发布。"

2014 年 12 月 13 日下午，依法履行了一系列程序之后，内蒙古自治区高级人民法院在微博上发布了呼格案再审判决的送达预告。尚爱云急匆匆地给汤计打来电话，告诉他，法院已经通知他们家，将把判决书送到他们家里。

"把判决书直接送到家里，这无疑是好消息！你们就在家里好好准备吧！"

汤计放下电话，立刻向社领导汇报，启动采访预案，第一时间向全国现场直播。

2014 年 12 月 15 日。窗外天空澄明，冬雪远去。李三仁家中，一片沸腾，那间十五平米的小客厅，插针一般站满了来自全国各地的记者。8 时 30 分许，内蒙古自治区高级人民法院常务副院长赵建平带队来到呼格吉勒图父母家，将案件再审判决书送到李三仁和尚爱云手中。判决书内容一是撤销内蒙古自治区高院 1996 年作出的二审刑事裁定、呼和浩特中院 1996 年对呼格吉勒图作出的一审刑事判决；二是宣告原审被告人呼格吉勒图无罪。

赵建平副院长同时通知李三仁和尚爱云可以向内蒙古高院申请国家赔偿。赵建平站起身来，深鞠一躬，真诚道歉说："我这次来是受胡毅峰院长的委托，也代表自治区高级人民法院，向你们表示真诚的道歉，对不起。我们从今以后一定会吸取这个教训，深刻反思办这个案子过程当中法院存在的问题，绝不能让呼格吉勒图这种悲剧重演。"赵建平还为呼格吉勒图父母带来 3 万元慰问金。

这是多么美好的一天！

这是多么庄重的一天！

这是多么明朗的一天！

这是多么值得纪念的一天！

　　中国司法史上第一例死刑案重审平反程序圆满完成！一个蒙冤十八年的孩子得以恢复名誉！一对十八年中脸上流泪、心里流血的父母终于可以站起来了，可以理直气壮地站在高天厚土之间大喊一声："儿子啊，你清白了！"

　　李三仁和尚爱云接过法律文书，逐字逐句读罢，默默地签名，按手印。

　　昭力格图和弟弟青格勒图无声地流泪。此时此刻，他们最最希望的就是世上真有灵魂存在，那么他们那孤魂野鬼一般飘沦十八年的兄弟呼格吉勒图，应该看到了今天的一幕，将瞑目安息了。

　　共产党员、新华社记者汤计，身着大红色的冲锋衣，站在人群之中，屏声静气，双手合十。九年拼搏，时光历历，他终于看到了正义的到来，看到了法律的胜利。他激动之余更多的是沉思——历史之鉴，知错即改者胜！在党的领导下，我们的国家已经走向依法治国、依法执政的光明未来。

　　程序结束，赵建平带队离开。各媒体记者和诸位见证人，也纷纷告别离去。汤计起身正要出门，李三仁和尚爱云突然一起扑到他的身边，汤计展开宽大坚实的胸怀和他们紧紧拥抱在一起。再也无需克制，三个人泪水合流，久久不能平静。

　　李三仁这个典型的中国式父亲，原本性情内敛、沉默寡言，如若不是事情把他逼得没有办法，他一天也说不了几句话，即使在这罹难奔波的九年中，他也多是无言地站在妻子的背后，憋屈着心中的情感，不苟言说。此刻，他实在是太想对汤计表达一下积聚九年的深情了，但是他找不到语言，激动之中，他不由自主地拥抱着汤计亲吻了两次。这一切，发生在瞬间，那么自然，那么真挚，所见之人，无不心生感慨。九年之间，岁月峥嵘，在李三仁的心中，已将汤计视如手足。

在汤计的心里，跟李三仁一家已经有了亲情，那死去的呼格吉勒图在自己的眼前是那样熟悉，那样鲜活，就像自己的儿子那样令他关心则痛！当初李三仁老两口对他说，汤记者，我们就怕你调离内蒙。

一个白发苍苍，牙齿全部脱落的老人，在亲吻他非亲非故却一往如初的兄弟，一个饱经苦难位卑言轻的普通百姓，在亲吻一个铁肩担道义的无冕之王。这一吻，使人世间习以为常的情感表达方式，拥有了旷世的非凡。

2015 年 11 月 11 日，呼格吉勒图骨灰迁入新墓。墓碑上的铭文由著名法学家、中国政法大学教授江平撰写：

呼格吉勒图，内蒙古呼和浩特人。一九七七年九月二十一日生。十八岁时，危难攸降。蒙冤而死。

一九九六年四月九日夜，一女子被害身亡。呼格报案。被疑为凶手。后不堪严刑而屈招。被判死刑，六月十日。毙。

呼格负罪名而草葬于野。父母忍辱十年。哀状不可言。二零零五年十月。命案真凶现身。呼格之冤方显于天下。令华夏震惊。然案牍尘封无所动，又逾九年。内蒙古自治区高级人民法院再审。二零一四年十二月十五日宣布呼格无罪。

优良的司法，乃国民之福。呼格其生也短，其命也悲。惜无此福。然以生命警示手持司法权柄者，应重证据，不臆断。重人权，不擅权，不为一时政治之权益而弃法治与公正。

至此，汤计完成了一个记者的九年长征。2016 年初，27 名对呼格冤案负有责任的相关人员受到了党纪政纪处分，涉嫌犯罪的张铁强正在接受司法侦查审理。

[作者随笔] 默默笔耕了一辈子，汤计从来都是站在新闻焦点的后面，呼格吉勒图案，把他推倒了前台，成了频频出镜的新闻人物。

2015 年，因报道呼格案并最终推动呼格冤案平反的突出贡献，被新华社党组记个人一等功，成为新华社成立 84 年来首个荣立个人一等功的记者；

2015 年 2 月 2 日，经中宣部批准、中国记协专门召开会议授予汤计"全国优秀新闻工作者"荣誉称号；

2015 年 4 月 28 日，中共中央、国务院授予汤计"全国先进工作者"荣誉称号；

2015 年 11 月 8 日，汤计的呼格案平反系列报道获得第 25 届中国新闻奖一等奖；汤计同时在第二届中国"好记者讲好故事"活动中，获得"十佳记者"称号；

2015 年 12 月 4 日，汤计在国家"宪法日"获得全国人大、最高人民法院、最高人民检察院和司法部主办的

"CCTV2015年度法治人物"奖；

2016年1月20日，汤计荣获最高人民检察院主办的正义网、新华网、人民网等十几家网站组织评选的"2015年度中国十大正义人物奖"。

我对汤计说，你已经做到了职业的巅峰。

汤计说，给新闻院校和司法新闻机构作报告，参加全国各地的专题讲演，上电视，做节目，接受各种奖励和表彰，正慢慢成为过往。自己要坚守的只有一点，那就是一个新华社记者的初心。

2015夏天，他带队采访临河法院的改革经验，推出有关司法改革的系列报道；出版了他的新闻作品集《事实与真相——汤计新闻从业感悟》。2016年，他开通了微信公众号，创办新华网《汤计典频》专栏，通过各种渠道，对社会焦点事件、对他熟悉的司法问题、教育问题发声。新年伊始，他已经开始激扬文字，推出一系列重磅焦点时评，一如从前，实事求是，直言不讳，引起了网上热议和关注。

在时代的大潮之中，汤计选择了继续搏击。他未来的路，将比九年的跋涉更漫长，比三十年的历史更丰富。

我在他的微信上看到他的话——为了正义，我们不能沉默，没有真相，哪有法治？我追求的就是这个世界的真相，因为我是新华社记者。